烟 火

OTHERWORLDLY

张燕 著

民主与建设出版社
· 北京 ·

©民主与建设出版社，2024

图书在版编目(CIP) 数据

烟火 / 张燕著. — 北京：民主与建设出版社，
2019.1（2024.6 重印）

ISBN 978-7-5139-2402-3

Ⅰ.①烟… Ⅱ.①张… Ⅲ.①言情小说－中国－当代
Ⅳ.①I247.5

中国版本图书馆CIP数据核字（2018）第290268号

烟 火
YAN HUO

著　　者	张　燕	
责任编辑	刘树民	
出版发行	民主与建设出版社有限责任公司	
电　　话	（010）59417747　59419778	
社　　址	北京市海淀区西三环中路10号望海楼E座7层	
邮　　编	100142	
印　　刷	三河市同力彩印有限公司	
版　　次	2019年1月第1版	
印　　次	2024年6月第2次印刷	
开　　本	880mm×1230mm　1/32	
印　　张	6	
字　　数	180千字	
书　　号	ISBN 978-7-5139-2402-3	
定　　价	48.00 元	

注：如有印、装质量问题，请与出版社联系。

目　录
contents

序 言

诗意栖居的罗燕妮与张燕
——简评小说集《烟火》

王忠明[①]

　　我读张燕小说集《烟火》，很突出的印象，其中那个同名中篇小说里的罗燕妮，其实就是她的自我、她的假托、她的复写（拷贝）或克隆、她的点化和装饰、她的理想化……

　　知晓张燕，我们会明了"生活原本如此"；而亲近她所创作的罗燕妮，我们便会进一步悟到"生活应当如此"。后者是浪漫的，是一种诗意栖居。张燕的职场无诗意可言，于是，她所寄望的罗燕妮则必须有诗情画意的一面，其逻辑起点不外乎张燕自己埋得很深、掩蔽得很精妙的精神向往、处世态度和审美情愫。朝向文学创作新天地，又一位有志者上路了，出发了！这很让我回味十九世纪五十年代美国知名作家杰克·凯鲁亚克《在路上》所说："我总是惊讶地发现，我不假思索地上路，因为出发的感觉太好了。世界突然充满了可能性。"

　　"生活原本如此"的张燕有几分"高清"，但谈不上"高冷"。她记得住或说得出那么多可吃可喝的（焦圈、茴香馅包子、萝卜丝酥饼、豆瓣苋菜、Haut-Brion红颜容酒、Kobe"黄油刀"牛排套餐、武汉

---

① 王忠明，中国民营经济研究会常务副会长兼秘书长，中国作家协会会员。

辣鸭脖、酸汤水饺、法式焗蜗牛、嫩白菜心配清汤狮子头、"毛细的手工面配上高汤白萝卜和牛肉片，再加一勺子辣油"，等等）、可穿可饰的（"黑色一步直身裙搭配白色衬衫或T恤、羊皮船鞋""米白色风衣裙""绒线围巾""V领桃红色羊绒衫""长到脚踝的花色连衣裙""藏青色毛料西服""黑色猎装皮风衣"，等等），以及灵境胡同、南小街、太平桥、磁器口豆汁店、马克西姆、酸辣粉小店、西单商场三楼、复兴商业城、罗马花园、江苏饭店、杰斯汀法餐厅、掠雁湖等地点和方位，全都是满满的人间温暖和尘世甜蜜。初识她笔下的罗燕妮，似乎也不过如此。上一次馆子，或逛一次街，或按摩一通头部和肩颈……就能把自己的情绪甚至情感都妥妥搞定的人，再精致的衣着，也只是合身而已，沉浸在世俗凡间，谁那么容易出类拔萃、超凡脱俗呢？所以，罗燕妮，本该极有资格"高冷"的，依其"剑眉杏目，妩媚间难掩一缕英气"的冷美人坯子和天生丽质，以及高知家庭背景、出众才干能力等，但依然只是以其略有些个性的方式"回归"张燕，"回归"作为现实主义范畴的"生活原本如此"。张燕不事声张地让罗氏小姐成功承载、负荷、诠释着一种时代精神——我们共同所处的这个时代具有特质属性的务实倾向。然而，这绝不是张燕的全部追求，更不是罗燕妮的全部内涵。小说的风骨和意境，全仗着罗燕妮的随后升华而得以别开生面。

张燕与罗燕妮，年龄相仿，心气儿相近，干着差不多相同的活儿，整天在机关码字，为领导写讲话稿，或生产各类调研报告，同事间的业绩较劲莫过于比谁的"初稿成稿率"高之类。偶尔听她提及工作，有点成就感的也就是其执笔撰写的某篇文稿被某某领导首肯或夸奖了。然而，其中到底有多少意趣、多少创造力呢？尽管她借以褒奖罗燕妮如何"文武双全动静相宜"，提笔撰文"从格局战略、铿锵务实的落笔，字里行间怎么看都不像是女性执笔"，文辞"流畅雅丽"，"更少不了独创的观点见解"，是"单位里的一支笔"云云，释放了一定程度的敝帚自珍、自我认同的心理诉求，然而，她毕竟最终还是托罗燕妮之口，坦承"自己最擅长的不是机关公文，是戏剧文学创作"。于是，只见她大踏步地从固有的机械、刻板和近乎八股的程式化套路中走了出来，而且初涉文学创作，便令人惊异地灵光乍现，"速成"其首部小说集（据说，其中那篇两万多字的《小野》，落笔两天半便一气呵成），是着实令人刮目相看的。在此，她与罗燕妮的心愿有所"合成"，她替罗燕妮做了一回主、圆了一回梦，她挥洒着罗燕妮的禀赋与才华……然而，这也依然不是张燕对于虚拟人物罗燕妮的全部心思，更不是罗燕妮精神风采的根本支撑。罗燕妮的"生活应当如此"，还将走得更彻底、更圆满！

很难想象，主业之于机关公文，业余之于文学创作，这两套迥异的语言体系、思维体系，竟能如此"水火相容"于张燕一身！对于女主命运起伏及其与周遭环境诸多关联的细腻把握，虽未及东野圭吾《解忧杂货店》那般巅峰水准，但也足以显现了作者驾驭文学的难得天分。叙事很利落，用语很精到，情节展开孰轻孰重很靠谱，这些基本功都是过硬的；尤其是人物刻画，几分从容，几分别致，颇见老到而不稚弱，着墨虽有多有少，但一概栩栩如生；更有甚者，初撰小说，便是高起点、高难度，竟以完美塑像为己任，其拓荒之勇气，实在珍稀。可不吗？在琳琅满目的艺术画廊里，我们何曾见过罗燕妮这样的人物形象？所有在旁人看来是"天大的事儿"，一到她那里，均被神奇地转化为"多大的事儿"。她不仅多才多艺，会一手好公文、会戏剧文学创作（已"委托"张燕展现出来），会弹钢琴曲……还多善多美，总是示好于他人，决不亏欠于他人。她几乎像史书记载的先贤先圣们那样，在"心"上下功夫，在自我约束上下功夫，在决绝任性上下功夫。由此，张燕终于非常坚决地将罗燕妮与一般人、一般女性形象真正拉开了距离。恰如乔布斯只想让用户从他的苹果产品中感受到"友好"二字那样，罗燕妮似乎生来就想为人们诠释什么叫"妥善""恰当""得体"——不限于"黄金二十年"职场期间，而注定贯彻终生……

例如，她实际上是被初恋男友孟昕捉弄甚至玩弄了，但并未出现影视作品中常见的痛不欲生或死去活来或大吵大闹或没完没了等老套情景，而是仅以手机回复一个冰冷的"。"了结。她自个儿淌了一会儿眼泪，自个儿出去逛了一会儿商场，自个儿喝了一碗豆汁，自个儿到老莫吃了顿西餐，自个儿进王府井书店买了心仪已久的《萧红全集》……便"觉得自己没那么衰了"，甚至似有所悟，"爱情并没有想象中那么重要吧"。

又如，姚彩琴带着与焦大海生下的小女孩找上门来（差不多是打上门来），一般都会觉得罗燕妮闻之如遭逢晴天霹雳而不能自己，没想到她压根儿就不动声色，三下五除二，入情入理的几句话，分别说得姚焦二人、婆婆和小叔子明远等无不心悦诚服、如释重负，将一件很容易引发严重冲突、后果不堪设想的家庭纠纷化为乌有。

其实，生活中偶能做到"妥善""恰当""得体"的大有人在，但凡事都能深明大义，都能想得开、看得透、放得下，都能处处体谅别人、慷慨地任由他人从自己的克制、谦让、忍辱负重或举重若轻中获得舒服、安稳和各得其所的，可说几近于无。而现实之"无"，或许正是创作之"有"的全部理由和全部价值。如果仅仅止于对现实之"有"的摹写，要么审美视野受限，要么创新能力不足，只能导致作品流俗或失之苍白。张燕没打算将罗燕妮重复写成又一个只知逆来顺受、委曲求全的苟且之辈，写成又一个司空见惯的"被侮辱被损害"的悲情人物，否则，读者就不能扬眉吐气地看到罗燕妮在仕途的不同阶段对所有相应职务的胜任以及到任前的胜算！比如，她与同事文雅莉公开竞聘办公厅副处长一职，是那么的理直气壮、当仁不让，"既然是公选，那就放马过来吧"。其实，这也叫

"妥善""恰当""得体",是另一种尺度和表示方式的"妥善""恰当""得体"。读之,真能被其满心的阳光、充足的底气、稳操胜券的自信与果决以及最终如愿以偿的高分胜出所感染!

张燕,在朦朦胧胧中,已将自己与罗燕妮相拼接,已将自己对人生的全部理解和美好假设、将自己的价值观统统"强加"(不,赋能)给了罗燕妮。严格地说,罗燕妮只存在于她心目中,存在于她的想象空间里,存在于她的理想世界与现实的落差间。任何像点模样的作品乃至伟大的作品,都不能没有理想之光的烛照,也就是说,都不能不含有一定程度的浪漫主义元素、色调或情感。在这本小说集里,我之所以尤为看重《烟火》,也正在于张燕对其他几个作品中的人物(比如《小野》中的小野、《颜色》中的韩雪等)至多只是"有点想法"而已,但对罗燕妮则高调嵌入了基于现实需求而又高于现实需求的另类理想。不然,她为何要将书名《烟火》意译为"OTHERWORLDLY",即"别一个世界"或"别样的世界"呢?

张燕,以一个小说创作者特有的敏锐或敏感,于日复一日的人间"烟火"中,构想着我们究竟应拥有何种模式的"别一个世界"或"别样的世界",思考和观察人应当何以为人、女人应当何以为女人。她,竭其真诚和浪漫,造出了这样一尊超凡脱俗的"女神"、这样一个可以让所有人都对她充满爱意(包括爱怜)、好奇和敬慕(敬畏)的完美女性形象,这是对天下人心非常庄重的一份供奉。"无中生有"的罗燕妮,活色生香的罗燕妮——你让你的母亲看着你高高兴兴地随焦大海坐着嘉陵而去,"两行眼泪滚落下来",把头靠向坐在一旁的老伴儿,不无忧心地问:"就这么嫁了……"你父亲开导说:"只要她开心就好,这丫头有大智慧,放心吧,她能照顾好自己。"真的,真该谢谢你让我们泫然欲泣,透过昏黄的人情世故,看到了纯粹,看到了浪漫,也看到了诗意荡漾……

张燕解读说："好牌、差牌，不论遇到怎样的牌局，燕妮一定能打出让人满意的结果。她身畔的每一个人，上下级、同僚、父母、公婆、爱人、孩子、亲朋好友、街坊邻居，皆因她对待生活的善意和大智慧，而结结实实地感受到幸福的滋味，每一个人与她相遇后都会变得越来越好。"很遗憾，她的那位初恋孟昕呢？尤其是苦苦单恋于她的李高伟呢？一个从未单恋过或未被单恋过的人，肯定是枯燥、无趣的。那么，贵为"女神"的罗燕妮是否只被他人单恋而不会单恋他人呢？《中论》有云："才敏过人，未足贵也；博辨过人，未足贵也；勇决过人，未足贵也。君子之所贵者，迁善惧其不及，改恶恐其有余。"张燕倾情之至的罗燕妮有"迁善"之"善"，无"改恶"之"恶"（过错），可为贵中之贵乎？！她好像已尊贵、高雅到从无单恋他人之可能，若此，那又如何能让单恋她的人"结结实实地感受到幸福的滋味"呢？

依从流行的分类法，《烟火》这个中篇大体应划入或算作"官场文学""官场小说"范畴。但是，它显然与众不同，分明有其"OTHERWORLDLY"的独特气质。

一是不拘泥于反腐或反贪格局。前些年热噪于世的"官场文学""官场小说"，大多以反腐或反贪为背景、为主题，以至于令读者形成思维定式，认为"官场文学""官场小说"就是揭露官场腐败的。对此，《烟火》不仅敢于说"不"，也善于说"不"。虽也涉笔某些消极阴暗，但点到为止，绝大部分文字都是跟着格调走、跟着秩序走、跟着审美走，还原于读者一种更多元、更立体、更丰满、更多姿多彩、更真实可信的机关生活景象。文学，当然应担负起不可推卸的批判功能，但同样重要或更为重要的是不能放弃"建设性"。这一点，《烟火》有着自己的坚执，乃至独辟蹊径的探索，因此赢得了尚无先例的独创天地和价值空间，是弥足珍贵、尤当赞赏的。

二是展现了女性写官场生活的特有"色差"（亦即"性感"差

异）。以往所见写官场生活出名的，清一色都是男性。男权社会的属性，以及男人好强斗胜等天性，被毫无保留地带入小说，吸引眼球的多为官场权术，如何争权夺利，如何钩心斗角，如何跑官卖官，如何攀龙附凤，如何不惜相互践踏……一反这种秀权争、秀肌肉、秀凌厉、秀粗犷等男性偏好，《烟火》的"烟火"（火药）味儿被大大淡化、弱化了，它甚至不在乎被人误读为"表面""肤浅""轻描淡写"等，径直按照自己的体验、感受、理解和思维，去写熟悉的人和事、熟悉的工作环境和人脉圈、熟悉的官场文化和升迁规则等。其总笔调是风轻云淡的，看不到你死我活的拼斗，看不到充满凶险的暗战和构陷（陷害、陷阱）……然而，你不觉得有任何伪饰、有任何造作。那个尽职尽责、安分守己又不失亲和、愿称自己是罗燕妮"娘家人"的余大姐，那个深谋远虑、很看好罗燕妮仕途前景的袁主任，那个从江西来调研一处挂职的小吕，那个升任司长的王秘书，那个王秘书跟随、服务过的部长，均无太多笔墨，但分明都是官场中人，他们与女主之间弥漫着的细致入微的呵护、疼爱和暖意，在我看来，就只能出自女性创作者之手，出自内心柔软的女性视角，这就是所谓"色差"或"性感"差异。变革中的中国官场，当然不只有官官相护、官商勾结、沆瀣一气、为非作歹的污秽乱象，甚至也不只有高压反腐、肃纪正风、打虎拍蝇、万里猎狐的霹雳行动，本来就还有"草木蔓发、春山可望"的和煦气象和暖风拂面。何况，张燕自身于官场文化氛围里供职多年，一路走来大概顺意多于失意、受宠多于受气，从中生长的优越感也决定了她对人间美善分外接纳和偏于强化。最典型的情节，莫过于让还差五个月就挂职期满、返京后便另有高就的罗燕妮，为陪护急性心梗的丈夫而毅然递交了请调报告，提前结束挂职工作（实际是提前放弃权位），我认为这完全是一种再经典不过的女性视角，或曰张燕的诗意栖居。

三是塑造了一位尽善尽美理想化的女主形象。这是区别于一般"官场文学""官场小说"的最大反差。我不知张燕对阳明心学有多少研究，从罗燕妮这个她所倾其所爱的理想化完美女性形象看，至少能感知她对圣贤之道的理解、体悟和接纳都具有相当的深度。王阳明的"圣人之道，吾性自足"为化育天下开辟了一条"人人皆可成圣"之道。对此，从上文对罗燕妮的评析中已有所提及。罗燕妮无愧于浪漫气息十足的"诗意栖居"，也正在于她与一般"官场文学""官场小说"中的男主们不仅性别有异、性格有异，更重要的是境界不同、生命状态不同、追求的精神高度不同，其所思所想所作所为，在相当程度上已初具成圣风范。女性在以往此类作品中的配角乃至反面角色（情色勾引等）的概念化定位，在罗燕妮所折射出来的"生活应当如此"的熠熠光耀下，显得何等萎缩、卑微和琐屑！

写至此，我特别想引用电影《至暗时刻》中丘吉尔所说的两句话作结："当青春逝去，愿智慧业已足够""从来不改变心意的人，永远改变不了任何事情"。由衷祝愿张燕在今后的文学创作中牢牢铭记并着力践行《烟火》里多次提及的"大智慧"。只有大智慧，方有"烟火"人间中令人着迷的"诗意栖居"！

PART

烟火

一封特殊的情书，

迟到若干年，

谁又能解读情衷？

一个女人的黄金二十年，

幸福是什么？

幸福在哪里？

01

冬至这天，正赶上周末。罗燕妮起个大早，换上一件簇新的桃红色对襟羊绒衫，一边催促着喜宝快点起床，一边给他递上毛衣、绒裤、袜子……洗漱完毕，她笑眯眯的给儿子套上一件新款羽绒服，这是周五下班后与同事一起去复兴商业城选购的。

"妈，还没过年呢，怎么给我买新衣服了？"

"嗯，等过年了再给你买一身。"

"妈，你发财了？"

燕妮抿嘴直乐，儿子喜宝今年7岁了，在史家小学读二年级，性格乖巧、模样生得清秀白净……

"那你给我爸、我奶、外公、外婆、乐乐姐都买啥了？"

哼，小家伙心思还挺多呢，"宝贝快一点，今天我们不去外婆家了，去奶奶家。"

"那早点呢，妈我不想吃面包了，想喝豆汁。"

"……"

娘俩坐上118路，两站地在磁器口下车，喜宝在豆汁店喝了一大碗，吃了焦圈和茴香馅的包子，美滋滋得跟在妈妈后面，一路走回灵境胡同奶奶家。

还没到胡同口，远远的，燕妮就看见小叔子焦明远杵着在那儿东张西望的。

"明远，这么冷的天，杵这儿干吗呢？"

"哎哟，嫂子，妈让我在这儿等你和宝儿"，小叔子一把接过燕妮手里拎的东西。

燕妮顺势要往胡同里面拐，明远一把拽住她，"嫂子，咱先不急着

· 002 ·

回家，我求您件事。"

"回家说呗。"

"不行，眼看着要放寒假了，我去实习单位上班，您给我参谋着买套立正点的西装。"

"嗨，那咱们吃完饭再去，不成吗？"

"走吧，嫂子，我们先去西单商场转一圈。宝儿，你喜欢啥跟叔说，叔给你买。"

喜宝一脸懵圈儿看看妈妈，再看看小叔，点点头。

"明远你还是学生，别乱花钱。"

"嫂子，昨儿奖学金发下来了，我得表示一下心意"，明远扶了扶鼻梁上的黑色镜框，微笑着看看燕妮。挺拔修长的身量在晨光和枯树的映衬下，真帅气。

"又是一等？"燕妮满脸笑容。

"嗯，还有课题研究成果奖也发下来了。"

燕妮笑得更明媚了，老焦家到底还是出了一位知识分子。

周末，西单商场里人多，熙攘的人群大多是恋爱中的青年男女。明远在一楼副食柜给喜宝买了串糖葫芦，带着娘俩在二楼男装部转啊转的，只是看看也不试穿。直到逛进三楼女装部，燕妮这时明白了，小叔子压根就不想给自个儿买衣服，眼看着就到中午饭点了，不能再这么浪费时间了。

"明远，嫂子不买衣服，昨儿跟科室的同事刚转过，如果你没有相中的，那咱早一点回家吧，妈在厨房里忙，我得去帮把手"。

明远脸上的表情有点僵，欲言又止。

燕妮早就察觉哪不对劲，"明远，家里是不是出了什么事情？"

看着小叔子吞吞吐吐的模样，她更加信了直觉。

"明远，你一大早这么个反常，我就瞧出家里出事了，你跟我竹筒倒豆子说个明白。挨到你哥跟我说，那事儿不就大了吗？"

明远到底是年轻，沉不住气。"嫂子，我说了你可别生气，气坏了身子，我们全家都心疼。"

"没事的，你说吧"。

明远拉着喜宝，三人一起走进四楼拐角的茶座，他点了一杯热饮，"宝儿，你坐这儿别动，我跟妈妈说话，一会儿过来叫你。"

燕妮看了看儿子，从包里拿出卡通彩绘书放在桌上，喜宝乖乖地坐下……

两人挑了相邻的位置落座，燕妮脱下羽绒服，她把略微凌乱的卷发盘起来，V领桃红色的绒衫露出白皙的脖颈。

明远看着眼前娇俏动人的燕妮，更难以开口了。

"嫂子，我哥结婚前谈过一个对象，是跟他一起上班的……服务员，你知道吧？"

"知道，姚彩琴，听说回她贵州老家了。"

"就是她，今儿一大早找来了，嗯、嗯、嗯，还带着一个10岁的女孩，说是……"

"说是什么？"燕妮深吸一口气，明白这个时候要拿出知识女性的修养了。

"说这个女孩是我哥的"，明远说完，低下头不敢直视对面的燕妮。

空气的流动性似乎没有了，燕妮那个常常提在头顶的气，骤然坠落下来……眼没抹黑、天也不会塌。沉默维系了二十秒，她扭头看看邻座的喜宝儿，对着小叔子温柔地浅笑了两下。

"你今天在胡同口堵我，又带着我们娘俩跑来瞎转一圈，是妈让你拖延时间的，对吗？"

"嗯，他们这会儿都在院儿里，主要是妈想把姚彩琴安顿好，怕您回来撞上场面难看，一家子都不愿让嫂子受委屈。"

"你哥呢？"

"妈刚才让小妹去饭馆喊哥回家了。"

"我说不生气不介意，你们肯定不能信，但这事儿能瞒多久？我不跟彩琴照面，她能安心走吗？嗯……你一会儿打个车把喜宝送回我家，给他弄点饭吃，啥也别说，等着我回来。"

听着嫂子轻柔细语，明远心里有点慌。"嫂子，那你呢？"

"我回妈家，陪着你哥一起处理好这事儿，不能让老人着急，血压又要高了。"

出了商场，看着明远带着孩子上了车，燕妮把外套帽子戴好，围巾系紧，疾步往胡同赶。

一进院门，就看见小姑子焦冬梅端着茶杯往西屋走，那是婆婆的卧室，"冬梅"，燕妮小声叫她。

"嫂子？"冬梅一溜小跑到跟前，"嫂子你咋回来了？明远他……"

"明远带着宝儿回我家了，你哥呢？"

冬梅朝西屋努努嘴。

"你端着茶去吧，把你哥叫到小厨房来。悄摸的，别让妈知道我回来"。

冬梅点点头，"嗯嗯，明远都告诉你了，这事都是我哥不好，嫂子你打他骂他，可别把自己个给气着了。"

"去吧，嫂子没事。"

冬梅大步小步地往西屋走，心里揣着个兔子。

燕妮来到小厨房，看着案头上摆着切好的肉丝，高压锅里炖熟的牛腱子，青菜和米已经洗好，还有一条炸好的大黄花。她歪着脑袋，脸上露出一丝俏皮的苦笑，"不速之客呀"。

"燕妮"，一个浑厚的男中音在身旁响起。

燕妮转过身，正是她老公焦大海。

她手里端着碗炸好的花生米，一看见大海，就甜笑起来。

这么个笑法，让大海心里直发毛。这位二级厨师会烧很多菜式，特别擅长淮扬菜，白案功夫一流，但文化程度有限，是个直肠子。

燕妮塞了粒花生米在嘴里，边吃边说："前面的事儿甭提了，说说你的打算吧"。

"妮，这事来得很突然，我有点懵。但你一定要相信我，我一门心思在你和喜宝身上，不会做出对不起你的事情。"

"我懂，但那个孩子怎么办？"

"我想带她去做个亲子鉴定"，大海说完紧张地看着妻子的脸色。

"你把心放在肚子里，我不会跟你离婚。但是彩琴和孩子，还是要善待，这事交给我办，亲子鉴定不能做，伤人心。"说完，她捏起一粒花生米往老公嘴里送。

"我不吃，不吃，这么大个事儿，你怎么还跟个孩子似的，我心里都五雷轰顶了"。

燕妮扑哧乐了，她把手里的花生米填进自己嘴里，转身把碗放下，走上前一下扑进大海怀里。"老公你肚里有点墨水啊，还知道'五雷轰顶'呢。"

大海被这突如其来的"甜蜜"弄得无所适从，他的手伸在半空中无处安放。怀里的燕妮娇声说："你跟妈说没事，让冬梅领着她们找个旅馆住下，剩下的，我来办吧。"

她抬起头看看，大海还是愣在那里。

"快去吧，我饿了，等会儿你炒菜给我吃。"

大海还是懵的，根本缓不过劲儿来，这不是被彩琴吓得，这是被自己的"仙女"媳妇给吓得。

20世纪末，北京某师范类名校应届生罗燕妮和文雅莉，同时被位于西城区太平桥的某国家机关录用。参加校招的应届生有一百多人，名额只有一个。第一关笔试申论环节，中文系才女罗燕妮拿到卷面满分，毫无争议。文雅莉是系学生会主席，作为优秀学生干部被系里和学校推荐录用。

每年一次的校招是惯例，唯一一个名额，历年来的幸运儿都是学生会干部。在校期间，这个群体与体制内建立起的行为默契，有着不言而喻的优势，这也是他们在校期间奉献锤炼的回报。多数学生都明白自己是去当分母陪跑，为了长长见识还是踊跃报名参加考试。

这一年的校招出了点状况，组织部两位干部经酝酿商议，意见达成一致，要录用笔试满分的罗燕妮，这位同学卷面字迹娟秀，文采、思辨力和逻辑性达到了一名在校生难以企及的高度，两位干部懂得圆滑世故，但也爱惜人才。

面试环节，罗燕妮同学端庄秀美的容貌，高挑的身材，优雅文艺的气质，沉稳得体的谈吐，让面试官无可挑剔。得知消息后，系里的震动可想而知，系主任和辅导员一起找了燕妮同学谈话，婉转地请她主动放弃录用，并允诺推荐她去市属重点中学执教。燕妮听后并不着急回应，只是甜甜地笑。

"燕妮同学，有什么想法，你可以说一说，师生之间可以交流嘛。"辅导员一脸的诚恳。

"感谢系领导和老师厚爱，这次招考我没抱什么希望，结果还好吧，但让我主动去找人家说放弃了，可能会……"

"可能会什么？"两位权威异口同声。

"会适得其反！"

场面有些尴尬了。

燕妮同学依然甜笑，"机关这次来招人，是为办公厅选拔笔杆子，我专业对口，卷面又拿了高分，如按照你们的意思主动放弃礼让她人，这下人家会认定我不仅业务有优势还有大局观，是体制内的可塑之才。所以呢，这事儿我不能主动。系里面还是商议一下，随意捏个我的毛病，断了人家录用的念头，这样才比较稳妥。"

两位权威听了这番话心里彻底凉了，城府气息厚重的系主任也沉不住气了。"燕妮同学，你在校四年成绩优异，但并不活跃，本地生下了课就回家，我们对你还是缺乏了解啊。真是个不可多得的人才，才貌双娇、智勇双全。也难怪，你出生在高知家庭，从小就经世面。"

最后，经校领导出面协调说情，报请机关组织部核准，两位同学都被录用了。这是罗燕妮与文雅丽在校四年真正意义上的交集，人生第一次交手，结果是双赢皆大欢喜。

接到录用通知的当晚，燕妮给男友孟昕打了电话，告知这一结果并征求意见。孟昕是杭州人，就读于清华大华自动化专业研二，是燕妮父亲罗林带的硕士研究生。他对女朋友毕业后的去向并不在意，男人要立门户的，另一半有份安稳的工作就可以，自己的专业方向热门，毕业后会从事科研工作。所以，他在电话里态度轻柔地劝慰女友，"亲爱的，你自己拿主意吧，在机关工作应该比中学任教更轻松些，我来养家，你干点自己喜欢的事情。"

燕妮接着拨通父母家电话，告诉妈妈她和孟昕晚上回家，一家四口去家附近的江苏饭店撮一顿。母亲卢琳是校医，扬州人，所以燕妮虽在北方长大，对淮扬菜并不陌生，她从小最爱的一道菜是清汤狮子头。读中学前是妈妈亲自下厨，后面每逢期末汇考拿了好成绩，一家三口会去饭店小饕一顿，这道狮子头是保留节目，父母虽是工薪阶层收入并不宽裕，却乐得对掌上明珠犒赏宠爱。

饭桌上，罗林与孟昕很自然地交流起手头的课题，这是国家科技部列入985星火计划的重点项目，科研周期三年，罗教授是项目总负责人。一年前，考虑到这一科研任务的重要性，学校特批他追加一个硕士研究生招生指标，于是孟昕来到他的麾下就读。当然，这里不得不提的，还有孟昕的家庭背景，他的父亲孟江涛是浙江省主管工业的副省长，有些事情就不言而喻了，省领导的公子本科就读清华本专业，又是成绩拔尖的高才生，学校为他争取一个保研资格并不为过。

孟昕是典型的南方才子，外表斯文秀气，两年前他在导师办公室初见罗燕妮，心就一下攥紧了，眼前这位女生漂亮的有些不像话，也搞不清是什么来头。身材如白杨般挺拔，剑眉杏目，妩媚间难掩一缕英气，竟有几分琼瑶片女主林青霞的模样，女神显然是高冷的，手里捧着本书不卑不亢站在那里。事后，当孟昕可以自如地回忆，认定对女友是一见钟情。都说江南女子灵秀可人，孟公子是杭州长大的，什么美人没见过呢，可燕妮身上三分妩媚、三分清冷，还有三份书卷气，令人着迷。

卢琳打断了先生与学生聊天的兴致，"老罗，工作上的事情有的是时间交流，今天听听女儿的，她这个点拉着小昕回来，一定是有话要说。"

罗老师听后恍然大悟，"噢，对对，妈妈放下你的电话，就给我打了电话，说你晚上回家有事情讲。那么，听听燕妮的。"

燕妮看了一眼男友，咽下一口菜，清了清嗓子。"爸、妈，今天回来，是想告诉你们我毕业后的去向。我考上了国家机关一个单位，论文答辩后就可以入职上班了。"

这个宝贝女儿从小主意就正，卢琳问："考试是什么时候的事，没听你们讲过。考上了什么岗位？"

燕妮低头喝汤，半天没应。孟昕在桌子下面碰碰她，燕妮抬起头打开肩并深呼吸，这是她从小习舞的习惯，卢琳一看就明白，故事要开讲了。于是，三个人听燕妮把这次校招的来龙去脉说了个痛快。特别是她面对系里单独谈话潜规则那段，把两位领导的表情语气学得惟妙惟肖，惹得父母男友大笑不已。

罗教授感慨，"无心插柳呀，我是不喜欢机关的官僚气，但看你这个样子，还真是可以适应的。"卢琳轻拍老公的肩膀，嗔怨道："老罗，不能这样讲啊，给年轻人一点信心嘛。"罗教授很快领悟了太太的深意，坐在对面的准女婿是省长公子，家里一定是希望晚辈有人从政接班的。孟昕扶了扶眼镜，笑着说，"老师、师母你们支持就好，进机关虽然保守些，但总比去中学教书轻松。我将来一定会留在科研岗位，如果燕妮可以从政，不失为一个好的选择，相信我父母也会支持。"

话音落下，三个人一齐看向燕妮，等着她表态。燕妮扭头瞥了一眼男友，对着父亲说："不论从事什么工作，你们都放心好了，我能照顾好自己。不是说从小到大罗燕妮最突出的特点就是'稳'吗？其实这次校招，我只是想去做做卷子，没想到成绩还不错，算顺势而为吧，其实如果系领导不来找我做工作，也许我会主动放弃的，毕竟进机关不是最理想的，你们知道的，我一直有想法进出版社做文学编辑。但他们公然使用潜规则，语气还欺小，那我就不服了，谅他们不敢在背后搞小动作，不行就试试看呗"。

卢琳看着对面的燕妮，感觉到女儿长大了。发生这么多的事情，换作其他女孩子早就生闷气哭鼻子了，她却不言语自个儿拿主意处置完了。都说机关人际关系复杂，可女儿懂得运用强大的心理攻势，令权威妥协退让，表面上还能笑语嫣然维系平静。这份超出同龄人的早熟，这份骨子里的聪慧圆融，加上男友家里政治背景助力，这不正是一棵走仕途的好苗子嘛。

罗老师接过女儿的话，"小昕你知道吗，燕妮从小就有侠义精神的，小学四年级以后她每次期末考试都是年级第一，有一位小朋友张浩总是考第二名，两个人是竞争对手互相较着劲，可燕妮每次会考都要高出几分。六年级上学期期末考试，张浩同学终于拿到第一名，罗燕妮同学名落孙山意外跌出年级前五十。家长会结束后，她才跟我们道出实情，数学那科她有意漏答两道大题，30分白白没了，每次数学考试都是满分的，这次只得了70分。"为了什么呢？照燕妮的原话讲，"爸爸，张浩做梦都想拿第一，我想成全他，让他感受一下幸福的滋味。"

男友听完爆笑，伸出手搂住女友的肩膀，"你这么做，那个张浩同学挫败感更强烈了吧。"

"嗯，下学期开学，他没来上课转学走了，留下一封信给我，大意是知道有人刻意礼让，他领情了，要和我中考见分晓。"

"后来呢，你们还有联系吗？"

"哈哈哈"罗教授忍不住笑起来。"当然有，两个孩子有缘分啊，三年后，中考成绩都不错，上了我们附中高中部，分在一个班。高一下学期文理科分班，燕妮给张浩写了个字条，说想好了要学文，我们已经长大了不要总是较劲，还是做朋友吧。"

"再后来呢？"孟昕接着问。

燕妮的脸色变得粉红，"他考上北大了……"

女儿面色的微变，只有卢琳明白怎么回事。张浩被第一志愿北大国际关系专业录取后，写过一封信表白爱慕，被燕妮婉拒了，这件事她只告诉了母亲，拒绝的原因也很简单，自己只有十八岁，对恋爱完全没有心理准备。而卢琳告诉女儿，其实没有那么复杂，这个男孩子不是她喜欢的类型而已。

03

春节临近，机关各部门工作开始收尾，节奏明显放缓，燕妮反而忙碌起来。中午11：30，是机关午餐时间。隔壁的余大姐亲热地催促燕妮。"妮儿，别写了，今儿食堂是白菜馅饺子，早点去人少。"

"好。"燕妮一边应着，手里迅速收拾桌上散落的材料，上午业务部门给部领导代拟的一个会议讲话稿，送过来润色把关。这是燕妮来到办公厅调研室的第三个年头，她的业务能力得到领导和同事们认可，开始承担重要的领导讲话材料和专项调研报告的撰写。

在调研室工作的两年多，燕妮的表现可圈可点。当年参与校招的两位干部果然眼力好，这位女生不仅文字功底扎实、性情沉稳，重要的是悟性好、有大局观，文字起草岗位相对枯燥很辛苦，熬夜加班是家常便饭，可燕妮既来之则安之，从来不抱怨。不仅办公厅的领导对她赏识爱护，其他司局的同志对她也是交口称赞。

燕妮和余大姐吃完午饭，陪着她在办公楼一层大厅遛弯儿消食，回到办公室继续弄手头的材料。一个下午时间很紧张，提炼修改、与业务部门沟通反馈后定稿，临下班前给主任发邮件交活儿。等到同事都走了办公室安静下来，燕妮一颗心落定，感觉有点饿了，从储物柜里拿出一包饼干吃起来……

手机铃声响了，这个点一定是妈妈打来的，问她晚上回不回家吃饭。燕妮把饼干放下，拿起手机一看，是男友孟昕。

"燕妮，我是孟昕。"

"嗯，听出来了，我的大科学家。"

"今天周末了，你还要加班吗？"

"一个讲话稿，已经弄完了，这会儿准备收拾一下就回家了。你干吗呢，怎么这个点打电话，别说想我了。嗯，快过节了，你车票买了吗？别忘了我们的君子协定，去年我去杭州过的，今年一起在北京过。"

"我……给你打电话就是说这件事。燕妮，今年我不能陪你过节了。"

"为什么呢？伯父伯母不是也答应了吗？"

"我……"

"大科学家，你不要耍花招。"

燕妮电话里声音娇柔，在男友面前顽皮起来像个少女。

"你还记得雨儿吗？"

"记得，你的发小，那个在省歌跳舞的女孩，大四那年寒假她来北京找你玩，我们三个逛了两天，后来我和雨儿在王府井百货大楼买靴子，两人买了一模一样的款式。我还打趣说，这个女孩子一定是暗恋你。"

"我要结婚了，跟雨儿……对不起，燕妮，这是一次意外，我喝了酒……雨儿她怀孕了，孩子的父亲要负责任。我知道，这对你不公平……"

电话那头静默了，紧接着传来嘟嘟嘟嘟挂断声。

两分钟以后，孟昕手机里有短消息提示，他点开一看，是燕妮发来的，这个最擅长写情诗的中文系女生，没有如往常一样用唯美的文字表达心意，只有一个"。"冰冷地躺在手机里。孟昕仿佛看到了女友一张伤心欲绝的脸庞，这个他曾经爱得炙热的女孩，就这样在自己的生命里消失了，甚至没有听到对方一句怨恨的话语。

这边燕妮放下电话，瘫坐在椅子上。她拿起之前那块没吃完的饼干，囫囵塞进嘴里，眼泪滚落下来。还是让悲伤来得更猛烈些，孟昕是她的初恋，是众人眼中的白马王子，从大四起他们正式交往，在一起三年多时间，一度认定了他就是自己的家人。

燕妮收拾好办公桌，给妈妈发了条短信息，说这个周末要加班就不回去了，是的，这事儿她打定主意要一个人扛，不能让父母看到她失恋后哀伤没落的样子。晚上9点钟，她回到宿舍，同寝室的小秦去男友家度周末了，她洗完脸，缩到床上，拿起一本文学期刊开始夜读，可没看几页就困了，也许，自己并没有想象中那么难过吧。

周六上午，燕妮睡到自然醒，阳光透过窗帘漫进室内，她睁开眼睛，意识到自己睡过头上班要迟到了，猛地从床上坐起来，看了看闹钟是9：15，心里有些懊恼，怎么会这么迷糊呢。快速地穿上毛衣，端起脸盆想去水房洗漱，走到门口才忽然想起来，今天是周末啊，不用上班的。燕妮愣在那儿，明白自己神情恍惚是因为失恋了，她把心上人孟昕给弄丢了，此刻应该忧伤才对。想想这一年来，心思全都扑在工作上，把领导交办的一个个材料写好、一件件事情办好，没有留给自己休息时间，缺失了对男友的关爱，想到这里……燕妮放下脸盆，坐在床边哭起来，两行小水珠顺着下巴铆足劲儿流淌，这份宣泄而出的情绪中有幽怨，更多的是对自己的责备与惩罚。

哭了一会儿就感到倦意了，和衣躺在床上小睡，临近中午才醒来了。一个人独处，第一次感受到无所事事，洗了脸擦好面霜，燕妮想出去转转，很久没逛商场了。她腿着去西单，路过磁器口豆汁店进去喝了一碗，身上出了汗，顶着正午的太阳，浑身暖洋洋地一路走着，一个人在西单商场三楼逛了很久，买了件玫瑰红色的羊毛大衣，快过了年穿着喜气。然后打了一辆黄面的，去展览馆附近的老莫餐厅吃了顿西餐，燕妮觉得自己没有那么衰了，也许周一上班后，埋头扎进一堆材料里，就把男友劈腿的事情忘干净了，爱情并没有想象中那么重要吧。

从老莫出来，燕妮去了趟王府井书店，把心仪已久的《萧红全集》买下来，逛了整个下午，她手里拎着重重的书，搭乘1号线地铁回到宿舍。

/ 04 /

春节紧邻两会，节后调研室顾不上休整，全部人手扑上去，领导代表的会议提案早已代拟好，各项会务安排好似梅雨季的雨丝紧锣密鼓。这期间燕妮有些烦闷，材料组有写不完的快报改不完的稿，往年上会她就是一把好手，任务完成干脆利落，今年的工作量尤其大，材料组又为燕妮加派了央媒特稿校审的任务。

长发用黑皮筋束起，每天要对着电脑长时间写作，不然就是在文印室校稿。这期间燕妮情绪低落，她第一次意识到自己是多么反感这项枯燥的工作。每每加班到深夜，领导过来与同事们一起讨论，她都是沉默的。京西宾馆室温很高，一件衬衣足矣，只有她围着条绒线围巾，远远地静静地坐在那里，冷冰冰的。

动员会上，袁主任看出燕妮状态不太好，春节刚过，同事们一个个都圆润不少，只有她消瘦得厉害，纤细的身材那么羸弱。照常上班加班，没有多余的一句话，虽是上级，但碍于面子，袁主任不愿过问下属私事，人家又没有耽误工作，再说这丫头话虽不多但嘴上圆融，不愿说的浅笑一下就搪塞过去了，倒显得自己一个大男人家长里短的不好看。

燕妮每天早晚要喝两大杯咖啡，午餐晚餐都不吃，只在机关食堂吃早餐，如果不忙，她习惯了中午一个人外出走走，在附近咖啡店吃个意式PANINI完事。不愿与同事们扎堆，机关食堂的午餐还算丰富，但她更愿意吃得简单些。乍暖还寒的天气，裹着一件羊毛大衣四处转转倒也惬意。

同寝室的小秦从哈尔滨老家回来，给燕妮带了红肠、酒心巧克力和薯干，每天下午三点多钟，她拿出来跟同事们分享，一起吃上一会儿，余大姐五十多岁是办公厅的老人，在调研室任职正处级巡视员，她业务能力出色，也喜欢与燕妮拉家常。"小罗，大姐没有什么背景，就是靠一支笔写上来的，你也要加油。"末了，一定会跟上一句，"当然了，你比大姐强，这么好的家世，人又年轻，前途无量啊。"燕妮听到这里只抿嘴乐，大姐接着说："小罗，你还是笑起来好看。咱们搞文字的命苦啊，每天对着这些方块字码来码去的，熬更守夜压力大容易早衰，我这五十岁快成白毛女了。"

　　燕妮不喜欢跟人拉家常，但这位余大姐例外，她是朴实的善意的，常常用过来人的经验提点年轻人，有大姐在办公室的气氛永远热烈。是啊，一个心底只存私欲，时刻惦记着投机钻营的人，怎么可能安心搞一辈子文字工作，心思功夫全在笔下了。机关的笔杆子大多时候看似单兵作业，实则是一个团队联合作战，大家要互相补台，拥有团结和谐的氛围十分重要。燕妮功底好悟性高，作为调研室的年轻同志，她拿初稿的成稿率特别高，刚上班那会儿，袁主任安排余大姐带燕妮，不出半年时间，燕妮已经可以非常熟稔地胜任工作了，不论是各类讲话材料还是调研报告，落笔前大姐会仔细叮嘱交代要点，燕妮每次都能在规定时间交稿，从来没让上级失望过。余大姐多次跟组织部的熟人笑谈，说校招选人的同志真是慧眼，把大才女给选进门了。

　　每一天的工作状态都是平顺的，燕妮的表情始终是恬淡的，出手的材料永远是高水准的，领导看到她的文字，心情一定是舒畅的。几乎没有人察觉出她的异样，她从未透露过丁点负面情绪，只是每天伏案工作十几个小时，颈椎有一点不适，酸痛感加剧要不停轻揉。繁忙的工作节奏，让燕妮很快忘却了孟昕的存在，好像这个男人从来不曾走入她的生活。

　　其实在春节期间，燕妮已经不再为失恋伤感了，心里只有一个念头想辞职，当初做这份工作有一些赌气的成分，更多的是来自男友家庭的期望，孟昕有志从事科研工作，家里总要有晚辈延续仕途之路。燕妮一直有出国留学的打算，她对欧洲戏剧文学感兴趣，理想的职业是去高校任教，或是在出版社做文学编辑。整个春节期间，因为失去一段恋爱关系，她得以重拾梦想，思量着要申请哪所学校，该做怎样的入学准备。

　　转眼间，又到了草长莺飞的季节，燕妮白天上班，晚上得空补习英文，日子一天天平淡而过。又是一个周末，临下班前她接到业务部门一个急件，下周一部长要上会用，当晚要完成核稿。燕妮拿到材料粗略看了一下，感觉问题不大，先去机关食堂吃晚饭墨叽了一会儿，开始上手修改时，发现自己高估了材料质量，这份材料一眼看去比较规整，但内容太空了，需要补充基层的经验做法和成果数据。她先是查阅了电脑里保存的两篇同类调研报告，摘出可用内容后开始编写加工，一晃几个小时过去了，办公室很安静，等她抬头眼望墙壁上的钟表，已经过了夜里10：30，燕妮心头一紧，这个点地铁1号线已经停运，回家的104路公交车末班应该还能赶上，迅速收尾后，她披上风衣疾步下楼，往单位不远处的公交站牌小碎步跑去。

昏暗的路灯下足足站了20分钟，104路芳踪难觅。抬手看表，已经夜里11点多了，看样子是运气不好末班没赶上，只能打车了。她走出公交站台，在马路边招手。

春季温差较大，夜深了，穿着丝袜的腿上有了凉意，踩着高跟鞋站了足有10分钟，也没看见一辆的士，这时燕妮有一点沮丧，埋怨自己没有合理安排好加班时间。大街上空无一人，年轻的女孩站在那里进退维谷，走或不走都不合适。正低头盘算该怎样才好？一阵摩托车轻响，眼前不远处一辆嘉陵轻骑停下来，一个身量不高有些粗壮的男人径直朝她走来。

面前这个男人一张憨圆脸，浑身透着一股蓝领工人的朴实劲儿。燕妮有一点紧张，这个陌生人是想问路吗？

"姑娘，这么晚了，你是在等车吗？"

燕妮抿了抿嘴，犹豫片刻后轻声应答，"是的。104路末班已经没了，的士也不好打"。

"要不这的，你住哪儿，我送你一程"。

燕妮听后愣住了，没想到这个让人尴尬的周末，会有如此境遇，她心思一向缜密，不会轻易接纳陌生人突兀的帮助。

"你听我一口京片子，我有单位的，不是坏人。就在东四的天海居上班，是个厨师。"看着面前这位漂亮的女生有些犹豫，他接着"表白"，"我叫焦大海"，随即从书包里翻出工作证件递给她。

年轻的女孩就着路灯扫了一眼证件，顿时放心了，她微笑应答："谢谢你，我叫罗燕妮。"她跟随大海向摩托车走去。大海把手里的头盔递给女孩，"罗燕妮同志，车速很快，为了安全，等会儿你要抱紧我的腰部，好吗？"

燕妮笑起来，点点头，把头盔戴好，跳上后座一个淑女坐姿。"我住在南小街，你把我放在十字路口就好。"

……

整个周末过得温情脉脉，燕妮哼着小调干家务，心里暖融融的。世界好奇妙，相爱相亲多年的男友，一个电话就断掉了。而路遇的陌生人，却可以向她伸出友爱之手。顿时，她觉得生活又变得清新美好了。

/05/

周一上班，燕妮上午很忙碌，她要高效处理完手头的事情，然后去办件大事。她心里一直惦记着答谢那位好心人，只是，应该以怎样的方式呢？没错，燕妮一定会有自己独特的表达。中午她没有去机关食堂用餐，而是一个人赶往位于东四的天海居，临行前她刻意捯饬了一下，擦了豆沙色唇膏，换上一件米白色风衣裙，骑上那辆红色单车，年轻的女孩长发飘飘裙裾飞扬。

东四这家天海居门脸不大，是一家传统的老字号淮扬菜，中午客人不多，燕妮找了张角落的桌子安顿下来。服务员送来菜单，头两页是招牌菜：清汤狮子头、大煮干丝、鱼米之乡、水晶虾球、叫花鸡、手剥笋、响油鳝糊、法式焗蜗牛。

燕妮点了清汤狮子头、干烧鱼和手剥笋，一笼汤包。她装作无意，轻声问年轻的服务员，"请问小妹，你们这里，是有位厨师焦大海吗？"

服务员点点头，燕妮接着在餐桌上写了个纸条折叠好，说："我是大海师傅的朋友，想请你帮忙把这个转交给他。"

服务员有点困惑，但看看眼前这位穿着入时、优雅漂亮的姐姐，好像没有理由拒绝，便接过了纸条。

片刻后，三道菜依次上来，燕妮细细品尝，狮子头汤鲜而不腻，肉质口感松软，比较别致的是配菜，一般吃到的都是上海青，而大海师傅用了嫩白菜心。

她看了一眼白色瓷盘边上贴着的打印体"01"，抿嘴乐了。吃完饭，她掏出包里的粉色便笺纸，写下寥寥数语交给刚才那位服务员小妹，请她再次转给焦大海。

晚上收工后，大海拿出客人留给他的字条，一行隽秀的字迹。

"齿颊留香，有味清欢。"

可想而知，这个夜晚大海师傅有多么快乐。下班后他骑着嘉陵特意在与燕妮初次相遇的地方转了两圈，尽管知道这么晚了，不可能再次偶遇这位像仙女一样的女孩。

这以后，罗燕妮常常去天海居用餐，她通常是周五晚上下班后过去，点的菜式总是那几样，服务员往内厨传菜时会在菜单上写个记号，单子进了厨房自然会流转到焦大海手上。除了清汤狮子头外，燕妮还喜欢吃法式铜蜗牛和灌汤包，主厨会为她精心烹饪摆盘。仙女每次心满意足吃完就悄悄走了，从来不打扰大海师傅，偶尔跟熟悉的服务员小妹攀谈几句，出差带回的特产和点心会特地为大海留一份，来用餐时托转给他。两个人像是熟识已久的好友，而彼时并不曾留下对方的联系方式。燕妮悄悄地享受着这份淡淡的友情，用独有的方式，向这个世界传递善意与温情。

不知不觉间，夏天来了。

办公楼的年轻女生穿起各式裙装，燕妮通常是黑色一步直身裙搭配白色衬衫或T恤，羊皮船鞋，一头乌发依旧用黑色橡皮筋束起，朴素大气，她每天步履轻盈笑意连连，已然是调研室挑大梁的笔杆子。

又是一个周五，燕妮中午没去吃饭，埋头一堆材料中，偶尔抬手看看表，大口喝着凉白开，她想把手头的代拟讲话稿尽快完工，然后下午早一点下班去天海居吃饭，这阵子手头事情多有两周没去了。

周末的天海居客源好，情侣约会、同学同事聚餐又赶上用餐高峰时段，燕妮没有提前预订位置，傍晚时抵达已经客满，她只好拿号在等候区坐了一会儿，大约30分钟后，落座在角落的卡座，服务员小妹一见到她眼睛都笑成一条缝了。"姐姐您好久没来啦，上次您从武汉带的辣鸭脖分给小姐妹们吃掉了，味道真好。"

燕妮起身，亲亲热热地搂住小妹肩头，"爱吃就好，下次姐姐出差还要给你们捎带……"说完，她点了狮子头、烧黄鱼和豆瓣苋菜，往点好的菜单上划了一个熟悉的记号，小妹意会，拿起菜单往后厨去了。

不一会儿工夫，几道菜式依次上来，豆瓣苋菜用了一个西式的高脚青花瓷圆盘盛着，上面撒了喜气的白芝麻，满眼的精致。燕妮午饭没吃有点饿了，大口喝汤吃菜。这时，小妹端上一道法式焗蜗牛，转身又拿出一个打包盒放到桌上。燕妮看了看有点疑惑，"小妹，今天我没点这道菜呀，这个盒子里面又是什么？"

"蜗牛是大海哥专门给姐姐做的，说是今天新鲜到货的，让您尝尝。盒子里是萝卜丝酥饼，您带回家吃，这两道菜都是大海哥埋单。"

燕妮有点喜不自禁，她起身跟小妹说，"谢谢你，一会儿吃完我先出去溜达，不耽搁你们工作，闭店前我再回来，让大海师傅等着我。"

夏夜的街面熙熙攘攘，都是饭后纳凉的市民，燕妮一个人在胡同里面走走停停，小风拂面舒适极了，心里盛着满满的欣悦。这些日子，她常常与大海师傅互发短信问候，虽然不能常见面但心里会惦记这位心地善良的好朋友，两人交流不算多，但外表敦实的大海师傅给她留下了好印象。这个夜晚，她特意晚一点走，只为跟他见一面聊聊天。

晚九点半过了，燕妮回到店里，她把手里的一兜美登高冰激凌交给小妹，请她与饭店的小姐妹分享，然后坐在大堂里安静地等着大海下班。时间等得有点久了，她轻轻揉动颈部，这些天密集伏案工作有些不舒适。

大海悄悄从身后走过来，轻轻叫了她的名字。燕妮抬起头，眼前的大海师傅已经换了干净的便服，她站起来笑着应声，"今天的蜗牛味道很浓，你放了那么多cheese，不怕店里赔本吗？"

眼前这位高情商的仙女，把大海逗得点些难为情，"盛苋菜的盘子你喜欢吗？是我陪着经理选的……"

"喜欢，一看就是好品位，淮扬菜配上精美的法式餐具，优雅别致。"

"走吧，店里要关门了，我送你回家。"认识燕妮几个月了，她的谈吐总是那么得体，让人心甘情愿地出力效劳。

两个人一前一后走出餐厅，大海留意到她穿着平底鞋，他们见面次数不多，燕妮总是穿着各类款式的平底鞋，后来他才弄明白，身材高挑的仙女是为了迎合他，两个人的个头一般高都是1.7米。

燕妮跳上嘉陵轻骑的后座，搂紧大海的腰，深夜的京城路况畅通，嘉陵一路疾驰到燕妮父母家小区门口，她取下头盔交给大海，"你这么忙，我们见面的时间总是很短暂，谢谢你给我做好吃的，周末愉快呦"。

大海手里举着头盔，有些紧张，话都说不顺溜了，"燕，燕妮你长时间低头看书写东西对颈椎不好，要注意保养，刚才看你揉来着，下周三我休息，在菜户营我师傅的诊所值班，你抽空来吧，给你推拿治疗一下。"

"哎呀，你还会中医推拿呢，真没想到，这可是大本事"。

"学了好些年了，我爸去世前腿不好，我跟师傅学会了给老人按摩治疗。我手法不错的，你试过就知道。"

"好啊，诊所不是公费医疗，我可付不起钱给你。"

"嘿嘿，不要你付钱，你总是出差回来带东西给我，还没机会感谢你呢"。

燕妮咯咯笑起来，"那好吧，大海师傅，下周三见，一言为定。拜拜，我回家了"。

燕妮扭身走进小区，大海看着妙曼的身姿走远，眺望小区高层公寓一个个窗口透出的暖黄色灯光，心里十分感慨。他从小爱读书学习成绩很好，初中毕业那年，在钢厂上班的父亲遭遇工伤事故瘫痪在床，上高中二年级的大哥顶了班，家里排行老二的大海也没能继续升学，去劲松职高学了三年厨师手艺，毕业后就在天海居打杂工，一直干到现在。他打心眼羡慕知识分子，喜欢跟他们交往，这也是他珍惜燕妮，想与她成为朋友的原因。

自从看到燕妮留下的"齿颊留香，有味清欢"八个字，一种被知识女性认可的喜悦一直伴随他，许多有钱有身份的人都夸过他的菜式，只有燕妮的话语让他感受到真诚，大海心里对她只有羡慕和敬畏。

揉、捏、点、拍，在天宗、肩井、大椎、风池四个穴位上反复推拿轻揉，医师的手法和力道十分娴熟，45分钟理疗结束，燕妮的头部和肩颈感受到前所未有的松弛。大海把她送到诊所附近的公交车站，挥手告别时，燕妮心里对这个外表敦实的男人生出一种别样的好感，而这种感觉，对她来说还是陌生的，是一种朦朦胧胧的依赖。

接下来的日子，燕妮有些心神不宁，手里的稿件也慢下来。她会不由自主地想念大海，难道这是爱情再次降临了吗？失去上一段恋情时间还不长，自己是爱上了，还是真的情有所系，这暧昧的滋味弄得她心里七上八下。燕妮想给自己浇浇冷水清醒一下，足足两周时间，她没有联络大海，也没有去天海居用餐，可每天傍晚时分下班前，她会怅然若失，因为这些日子，同样没有收到来自大海问候的讯息。

　　清晨醒来，燕妮心里都会有几分莫名的期待，她是在等大海的消息，哪怕是只字片语呢。可惜从早到晚，日子一天天过去，手机短信那栏焦大海的名字一行一行下移，被很多人的信息压盖下去。

　　终于，仙女沉不住气了。

　　又是一个周末，燕妮外派参加理论学习，时间是下午两点到五点。中午出门时，她把手头的事情捋饬利落，抵达会场后，她有意坐在后排靠边的位置，意图很明了，是想中途走掉。大约三点半，燕妮收拾起文具背上包包蹑手蹑脚溜到会议室门口，一出门她就快步小跑起来，心里一路默念，千万不要让熟人撞见，该有多么难为情啊。结果，跑到楼梯口，与袁主任撞个满怀，哎呀，真是路窄。燕妮一脸娇羞，什么话也说不出来。

　　袁主任不苟言笑地点点头，轻轻瞥了一眼楼梯的方向，燕妮心领神会，"主任，那我家里有事先走了"。真丝质地的白衬衫裹着苗条的身材，一阵风似的飞奔下楼，袁主任在身后招呼，"唉，小罗，你慢一点，别着急。"

　　燕妮冲到街上，招手打了辆面的，一上车她就跟司机商量，"师傅，能不能开一下空调，有点热。"

　　"要加两元空调费？"

　　"行，您开吧"。

　　车窗摇下来，凉风拂面瞬间舒爽了许多。

燕妮一高兴，话也多了。"师傅，您别介意。我打扮好了去见男朋友，出一身汗多尴尬呀。"

司机嘿嘿笑出声。

"您笑什么呢？不对吗？"

"你这么温柔漂亮，知书达理的，哪个男人找了你都是福分，谁敢嫌弃你呢？"

后排座位上的燕妮甜笑起来，是啊，为了去看大海自己破天荒早退，扔下工作，他怎么会嫌弃我呢。

车子一路顺驰，来到东四天海居餐厅。

"好了，到了，18元，下车慢一点。"

燕妮麻溜地拿出钱包付了20元，"不要找零了，周末愉快啊"。

"你和男朋友在这里约会吃饭啊"，司机师傅难得遇上这样的乘客，心情倍儿好。

"不是的，我男朋友是这里的厨师。"说完燕妮下车迈着欢实的脚步向餐厅走去。

司机师傅傻了，这是怎么一回事，开车多年载了多少客人，这位漂亮的女乘客，看样子是受过良好教育的机关干部，怎么处上一个对象是厨子？这里面一定有故事，哥们儿是上辈子积德了，修来这么大个福报。

燕妮一路雀跃进了餐厅，大堂里面空荡荡的，五点刚过还没有上客人，服务员小美拿着块抹布从后厨出来，一眼就认出仙女姐姐。

"呀，燕妮姐，你好久没来啦。"

"小美，天儿好热，给我来一瓶北冰洋，要冰镇的"。

"好的姐，您先坐一会儿。"

小美快步跑向冰柜，取出一瓶北冰洋。

燕妮一口气喝掉半瓶，汗也消了大半。

小美端来一碗晶晶亮的汤水，"姐，这是大海哥给你做的红糖冰粉，你尝尝。"

"大海知道我来了？他人呢？"

"大海哥在后厨盯着徒弟准备菜呢。"

"你把他叫出来，我有话说，说完就走了。"

大海一身厨师服走出来，燕妮坐在卡座里面，手里端着那碗冰粉。

"好吃吗？"

"嗯，你给我做得？"

"等会儿你还想吃点什么？有好久不来了。"

"不了，吃完冰粉我就回去了，手上还有个材料。"

说完，燕妮把手里的碗放下，一脸严肃。

"我工作忙来不了，你就不能主动联系吗？我不来找你，是不是就当我是陌生人了？"

说完拿起包就要往外走，大海一看急了，连忙拽住她。"燕妮，不是这样的，我不敢打扰，你们大机关规矩多"。看燕妮还生着气，只好接着哄，"你不要生气，快坐下来，等会儿给你做道狮子头，有两周没吃了吧。"

燕妮扑哧乐了，她没想到大海这么会说软话哄人开心。

"其实你不用哄我，吃了你做得菜自然就开心了，我还想吃梅菜小笼。"

"哈哈哈，你不怕胖了呀？"

"讨厌，是不是怕我吃穷了你？"

"不怕，能为你这样的女孩效劳，三生有幸。"

燕妮忍不住笑出声来，"大海你快去忙吧，别耽误你上班"。

周六，燕妮提出要外出用餐，卢琳问女儿："有日子没吃清汤狮子头了，宝贝馋不馋？"

燕妮心里偷着乐，她摇摇头，"我们还是吃牛排吧"。

卢琳对罗教授努努嘴，"老罗，你也不关心女儿，你看她这个状态，天天美美地，还胖了，一定是……"

"一定是什么？"罗教授坐在沙发上看报，抬起头问妻子。

卢琳走过去坐在先生身旁，小声说："你看不出来啊，燕妮一定是恋爱了。"

"怎么可能，她跟孟昕才分手没多久啊。"

"是啊，前阵子失恋，她每天闷着，也不爱打扮了，妆也不化。你看看女儿现在的样子。"

老罗向燕妮卧室的方向张望着，"她现在怎么啦？"

"又开始化妆啦。"

"女孩子化个妆，跟谈恋爱有什么必然联系？你也太敏感了。"

罗教授继续低头看报。

卢琳起身，冷冷地聊下句话。

"女人的第六感通常都是准确的，唉，但愿我们的女儿这次恋爱会顺利，我只求她一生平安幸福足矣。"

西餐厅里，燕妮大口嚼着牛排，喝着果汁。

"妈，等会儿我还要加一份三文鱼、一个cheese蛋糕，不够吃。"

卢琳招手跟餐厅服务员示意，加了一份低温三文鱼和cheese蛋糕，看着女儿大快朵颐。

"你们单位食堂伙食还好吗？"

"老样子。"

"看你最近胃口很好，还胖了些。"

"糟糕，胖了吗？"燕妮放下刀叉，轻触自己的脸颊。

罗教授心疼地看着女儿，"胖什么呀，多吃一点，一阵风都能把你吹倒了。"

燕妮朝着母亲俏皮的挤挤眼，"妈你想多了啊。"

卢琳笑了起来，"我的女儿，冰雪聪明。"

/07/

周三中午，机关食堂吃茴香馅包子，调研一处破例齐刷刷赶了
11：30的饭点，五个人围在屏风后面的一张小圆桌，嘻嘻哈哈的好不热
闹。两会任务圆满完成后，袁主任顺利升任办公厅主任，今天是任职公
示的好日子。

余大姐和燕妮的座位中间空着一个位置，那是留给袁主任的。
11：45，袁主任下来了。

余大姐起身招呼他，"来来来，领导坐我这边，怎么说大姐当年也
是办公厅的一枝花，现在叫资深美女。"

一阵善意的笑声后，袁主任落座。

他看了看眼前盛好的汤和包子，故意严肃地拉下脸，"你们这样可
不行啊，剥夺了我劳动的权力和乐趣。"

又是一阵爆笑。

大家动筷开吃，燕妮一口气吃了三个包子，还喝下一大碗冬瓜排
骨汤。

袁主任侧目看她，"咦，小罗，你这胃口跟材料一样，都是越来越
好啊，多吃一点，身材那么苗条。"

余大姐听后，开起玩笑，"哎哟，我吃得也不少，领导从来就没关
心过大姐。"

袁主任不愧是领导，水准了得。

余大姐话音未落，他夹起自己碗里一块排骨，放在她碗里，"您不

仅是调研室一枝花，更是调研室的一支笔，来吧，您多吃一点，就能带着年轻人多思考多写好稿。"

"那可使不得，老袁，我可不能多吃多占，说着就要把排骨给夹回去。"

"别别，你来我往的，年轻人看着多不好，老余你劳苦功高就多吃一块。"说完看看坐在对面的处长大杨，大杨连忙附和，"对对对，余姐您最辛苦，要多吃一块补一补。"说完给坐在燕妮右手的李高伟使了个眼色。

李高伟是人大新闻系高才生，新分来的，他迅速领会处长的意图，眼疾手快，把自己碗里的一大块排骨夹到袁主任碗里，然后憨笑起来，"大姐，主任，你们都辛苦了"。

这边燕妮不动声色边吃边乐，她起身走向餐台，端了一盘粽子回来，细致地给领导和同事们每人分了一个，转到余大姐这里，她跟大姐轻声耳语，"是您最爱吃的小枣馅儿"。

袁主任看在眼里，心里面很是欣慰，调研一处是个团结和睦的集体，一个个长幼有序、业务精湛，都是自己悉心调教出来的。

午餐后，燕妮在行军床上小憩。一声悦耳的短信铃声，她已经猜出是谁。

"燕妮，今天晚上在师傅诊所值班，你来吧，我给你理疗颈椎。"

"好吧，还是不付费啊。"

"当然。"

傍晚，诊所。

大海在燕妮颈背部推按，他的手法娴熟力道适中。

"上次按完好些吗？"

燕妮只闭目养神不应答。

"你这么年轻，不碍事。没有劳损，就是有一点气血不畅通，一个疗程下来就好了。"

大海看她什么话也不接，只好安心做活。

两只手滑到锁骨间轻揉，忽然，大海的右手被一只纤弱的手缠住了，他心里一惊本能地想抽离，却被这只手握得更紧了。

"燕妮？"

"大海，做我男朋友吧，你比我大七岁，合适。"

诊室内一片寂静。

"咱，咱们得把这个治疗做完，好吗？"

手松开了，大海深呼吸，一头的汗，按摩继续。

晚上大海骑着嘉陵送燕妮回家，燕妮右臂紧紧抱住大海，把脸贴在他的后背上。

到了南小街宿舍楼下，两个人都有些许尴尬，大海的上衣几乎湿透了，结结巴巴的话也说不利落。

"大海，给你一周时间考虑吧，如果能接受，周五下班来单位接我。"说完上楼去了。

看着她轻盈的身影远去，大海像在梦里，懵了。

周一、周二、周三、周四，时间一晃而过，燕妮心里没有当初等待初恋情人的那股热烈劲儿，心里的小鹿始终有节奏地慢跑，没有一点想乱来的意思。

周五下班，她有意晚走了一小会儿，长发披肩化了妆，穿了一条长到脚踝的花色连衣裙。是的，大海会来接她下班，这一点是毋庸置疑的。

下午6点整，燕妮出现在单位附近的岔路口，通常他们会在这里碰面。人来车往，唯独不见大海的身影。燕妮有一点失落，苦笑了一下，抬手看了手表，站在原地等了足足20分钟，随后一个人往公交车站走去。

是啊，大海没有来，自己自作多情被拒绝了，这是事实。

天儿越来越热了，燕妮索性把早午餐都在单位解决了。初伏的饺子中伏的面，中伏这天，食堂供应刀削面，她一气吃了两碗，又要了一只卤猪蹄，用手抓着吃个精光。

余大姐稀罕的不行，"小罗，你这是受什么刺激了？"

"咱食堂的卤猪蹄挺好吃的，您也尝尝。"燕妮说完转身去餐台端了两碗青菜汤，递给大姐一碗，坐下来慢慢喝。

"杨处和李高伟这次陪黄部长去湖北调研的报告，写得不错，传阅件你看了吗？"

"看了，写得很实，高伟拿得初稿，他功底好，功课又到位，我要好好学习揣摩。"

"嗯，材料就是这样，要虚实结合才好。小罗你平常要跟袁主任和杨处多汇报沟通。"

燕妮抬起头看了看余大姐，意味深长地笑了。

是啊，她心里明白大姐是为她好，这是自己来调研室工作的第四个年头了，本科生工作满三年就可以升主任科员了，谁晓得半路杀出个李高伟，他是人大硕士研究生毕业，工作一年转正后就具备升职的资历。这样，自己平白就多出个竞争对手。小李比自己年长3岁，家是湖南农村的，他工作勤奋会来事儿，加上性别优势，有陪同大领导出差调研的机会，杨处总带着他。

"大姐，那下回有下乡调研的机会，您主动请缨，我去给您和袁主任拎包，我可有劲儿了，陪着您和领导正合适。"说完，朝大姐眨眨眼。

大姐笑起来，"你这个丫头，有这个机灵劲跟我抖包袱，还要在领导那儿多走动。嗯，也怪不得你，这么个丽人儿，是要矜持一点才稳当。我跟袁主任做了工作，年底就要晋升一批，你心里要有个打算。"

燕妮严肃下来，撇撇嘴，"大姐放心，我都听您的。"

第二天，燕妮起了个大早，她头天晚上专门回家了一趟，把爸爸学生送的两箱山东大樱桃搬回来，分成四份，拿着钥匙给袁主任放了一份，另外三份分别放到同事办公桌底下。

杨处与燕妮前后脚到单位，一坐下就看到水灵灵红通通的大樱桃，燕妮提着开水瓶走进来，对着处长笑得殷勤。

"小罗，这樱桃是你拿来的？"

"嗯，我爸的学生从老家带的，特别好吃，给大家都分了。"

"小罗，别别，都说你是仙女，我们要把你捧在手里，你这一接地气，食了烟火，还真让人消受不了，受宠若惊的。"

"处长，您可别这么说，我工作有不到位的，您多批评。什么仙女啊，听上去就是调侃我。"

"大家闺秀，那这个词儿总是准确的。"

燕妮拿着块抹布朝他走过来。

"别别，我自己来。"

"仙女就不能给上司擦个桌子，服务一下吗？"说完开干。

杨处急忙躲开，看了看燕妮，"那我下楼吃早点了啊"

"快去吧，今儿早餐有酸汤水饺"

又是一个周五，燕妮不想回宿舍住了，周末还是回家陪父母聊聊天，顺路去老莫餐厅买妈妈爱吃的面包，想到这里，她赶紧收拾东西，拎起包包下楼。

地面的余温热气反扑上来，出了办公楼迎面就是一股热浪。燕妮戴上太阳镜，刚走出几步就看到不远处一个熟悉的身影。一个月过去了，大海没有联络过她，燕妮以为人家已经把她忘了。当失落感悄悄褪去，生活回归到正常的轨道，可幸福却又悄然而至。

"燕妮，我今晚请了假不上班，来接你。"

燕妮二话不说,三步并做两步,蹦跳着坐上嘉陵后座。

"走吧,今晚我要回父母家,我们先去老莫餐厅买面包。"

嘉陵载着热浪和一身白衣的美人儿,驶向远方。

/ 08 /

焦大海几年前处过一个女朋友姚彩琴,是天海居的服务员,老家安徽蚌埠,彩琴个子高挑五官周正,身上带着农村姑娘特有的淳朴劲儿,勤快本分待人体贴。那些年父亲瘫在床上,大海没心思找对象,两个年轻人一起上班干活儿,自然而然走到一起。后来,父亲去世后,大海提出想娶姚彩琴过门,却意外遭到母亲反对。理由只有一个,先不说她家里条件差,以后生了孩子,按照北京市户籍政策,孩子要随女方落户原籍成为乡下人。父亲生病这几年,母亲里外操劳,大海是孝子看在眼里疼在心上,最终还是与女朋友分手,姚彩琴伤了心辞工回老家了。

与姚彩琴分手三年多,家里也给大海张罗过亲事,介绍过不少姑娘,但他都没有同意交往,一直单着。与姚彩琴恋爱两年多时间,他俩同出同进,晚上下了班常一起回出租屋,女人的身子他是熟悉的。可是,当把罗燕妮揽在怀中大海还是很紧张,好像怀里的仙女一不留神就消失了,他心里面忐忑,燕妮家里一定会反对两个人交往,毕竟,他们之间悬殊太大了。

爱情的滋味是甜蜜的,大海和燕妮的交往方式有一点特别,他们不像其他情侣那样可以在周末约会,大海每隔一周调休一天,如果不去诊所,下班时会来接女朋友,两个人一起去西单逛逛街,那里有一家名气很响的酸辣粉小店,燕妮每次要吃一大碗,或者去西饼店吃一只cheese蛋糕,她体谅男友收入不高,约会时不去逛精品店买衣服,而大海也是真心待她,每个月工资发下来,留下生活费用,他会把余款用信封装好，交到女友手上。起初燕妮不收，但大海坚持她就收下了，转而去银行开了一个户头，把这笔钱存起来。更多的时候，燕妮会在周末去天海居吃晚饭等着男友下班。

两人大大方方公开恋情，天海居的小伙伴们都惊了。从小美口中大家得知大海的女朋友在国家机关工作，是大学教授的独生女，认为这段恋情不般配不会长久，但随着时间推移，总是见到燕妮开开心心地来找大海，走的时候两个人还亲亲热热地拉着手，从盛夏晃到金秋，一直是黏黏糊糊的热恋状态，大家接纳了燕妮，由衷地祝福着他们，称呼她为"仙女嫂子"。

与大海确定恋爱关系后，燕妮的心也安定下来，之前她总惦记着出国进修，不屑于单位晋升那些明争暗斗，如今不同了，她一门心思要与大海结婚过日子，男友单位那个情况看不到什么发展空间，更谈不上将来分房子，只能靠她奋斗，想清除这个问题，这个聪慧的女生，暗下决心要与同部门的李高伟在年底的晋升中争个高下。

小李是人大高才生，在校期间任职学生会主席，是学校的大红人，家在湖南农村，照他自己的话说，因家境贫困7岁上学前就没穿过鞋子，更谈不上玩具和课外读物了。研究生毕业后通过校招来到办公厅，第一天报到，袁主任安排扬处领着他去各办公室串门打招呼，初见每个同事，他都会很正式的鞠一躬，说一声："今后请您多关照"。最后一个见到的是罗燕妮，燕妮朝他点头示意，小李心跳得厉害窘得不行，180的高个子这个躬怎么也鞠不下，只好伸出手来象征性地握了握。眼前这个貌美矜持的女生让人不由怦然心动，这不就是自己梦寐以求的姑娘吗？

李高伟是典型的文科才子，能吃苦、业务好、会来事儿，他来到调研一处短短几个月时间，就把燕妮手头的材料初稿起草任务分担去一半，每天在单位加班学习到深夜，一定会坚持到办公楼最后一盏灯，日常有些重要材料他也主动担纲，燕妮看在眼里倒也乐得清闲。小李心里有自己的小算盘，硕研毕业一年就可以转主任科员，与本科毕业三年的燕妮正好撞上，他们是同部门同岗位的竞争对手，自己晚来两年，论资历和人脉，肯定不如她，听说人家男友家里还是省部级高干，自己无论哪一方面都处于劣势，想弯道超车难度太大了，唯一的希望就是好好表现，与领导搞好关系，届时有可能破例，两个人同时晋升。

小李跟杨处一个办公室对桌，自然是近水楼台深得领导信任。他完全不介意冷美人罗燕妮对他的态度，如果不是已经名花有主，自己会豁出去追求一把，在校七年没有谈过恋爱，不是不想是不敢，一则怕耽误学习进步，二则自己要想办法留京发展，谈个外地女朋友一毕业就劳燕分飞浪费时间。当得知罗燕妮的家庭背景后，他暗自思量，心里给这位大美人打出满分，认同她是人生伴侣的不二人选。

两位才子才女常常被安排一起起草材料，讨论思路和执笔的过程，小李会情不自禁地赞叹燕妮知识面开阔、笔底扎实、记忆力惊人，心里越发对她仰慕不已。是啊，每个男人心中都住着一位女神，李高伟感慨，如果可以与罗燕妮结合，也不枉此生为人，对得起自己苦行僧似的求学生涯。

他对她满怀好感，可她却一直不冷不热的。小李春节从老家探亲回来，想跟领导同事们拉拉关系，给大家带了泡椒凤爪和腊肠，是特地请母亲下厨做得。领导和同事每个人都挨门送去，唯独到燕妮这里吃了闭门羹，理由是她不食辣。女神说："心意领了，还是把礼物转送给余大姐吧。"大姐又开起玩笑，"那我可笑纳了，燕妮家是扬州人不吃辣的，下次为她开个小灶。"李高伟被大姐的话弄了个大红脸，但吃了燕妮递过来的酒心巧克力，心里还是蜜甜的。这以后，毋庸多言，他会给女神单独带一份五香腊肠和腊肉，用礼盒精致地包好，手写了新年祝福的小卡，算是了却一桩心事。以至于许多年过后，小高调任基层，他们各自结婚组建了家庭，他心里还是供奉着这位女神，没有姑娘可以取代她的位置。

这对年轻人各怀心事，业务上明里暗里竞争，余大姐资历最老，又是正处级巡视员，她是表明态度高举高打支持罗燕妮，杨处有些暧昧，但不论他面上怎样说，私底下一定要培植自己的嫡系，这个时候，袁主任的态度尤为重要。女生从来都是一副风轻云淡没所谓的样子。谁料到入秋后，画风突变，又摆出一副时不我待、舍我其谁的架势。几位领导都看在眼里，这丫头是明挑了，对年底的升职力争到底。

没有人明白燕妮这个变化是怎么来的，杨处找到余大姐婉转地打听，也没问出个所以然。马上到十一假期了，又赶上部长下乡调研，袁主任安排大杨带上两位年轻同志一起去，燕妮出差机会少，季节适宜也让她跑一跑去基层看看，这样笔头才会鲜活有力。余大姐私下找燕妮聊天，"丫头，有上进心就对了，但你也悠着点，实在不行还有家里帮衬，不看僧面还要看佛面呢。"燕妮听了只是笑笑，什么也不应，她跟大海已在热恋中，节骨眼上不会说出与前男友孟昕分手的事情，孟昕的父亲位高权重，关键时刻还是要借势的，仕途升迁，向来是以达到目的为原则，自己各方面资历都够，又不是损人利己，没什么放不开撂不下的。

/ 09 /

陪同部长调研出行这一路，故事可真不少。我们常挂在嘴边的"拎包"一词，意思是鞍前马后服务于领导。这趟出差，袁主任和杨处的行李箱自然该落在小李手里拎着，那么小李自己的行李箱怎么办？好歹腾不出第三只手啊。原来，机关里陪同领导出行的随员一般是不带行李箱的，小李一只双肩包装上笔记本电脑、记事簿，简单换洗衣服，这样就不会耽误为两位领导一路搬行李跑腿。

可机场集合时小李傻眼了，罗燕妮同学身穿一件抓绒上衣，黑色运动裤和跑鞋，竟然也背了一只双肩包，只是这只包的体积着实有些大。女神大步流星走过来，向各位领导和小李收了身份证，去柜台换登机牌。小李连忙说，"我去好了"，燕妮的语气不容置疑，"你陪着领导聊天吧，我一个人可以"。换完登机牌她又迅速跑去附近的咖啡厅买了四杯美式咖啡，发放给领导和同事，接过小李手中的一只行李箱，这一路女生照旧话不多，但服务工作主动、到位。上了飞机，袁主任说，"小罗，体力活还是交给小李，他是男生嘛。""领导，我小时候是清华附中网球队的，可有劲儿了，您放心吧。"说完，她把手里的行李箱一气儿举过头顶塞进行李仓。

第一天调研结束，晚上在袁主任房间讨论材料思路，小李心里暗暗叫苦，"我的天呐，罗燕妮这个脑子，不愧是最优秀的文科生，竟然把部长近一年来在各个场合的讲话稿和公开发表的论文稿全背下来了，一个个论点出处如数家珍、胸有成竹……"很自然的，执笔初稿的任务交给了燕妮，初稿成型后，得到主任和部长高度认同。很显然，罗燕妮是有备而来，连部长惯用的词汇都码得清清楚楚，王秘书一个劲儿称赞，调研室的年轻同志业务精湛有前途。袁主任和杨处都爱才惜才，看着手下的年轻人如此上进争气，还是很欣慰。

转眼间步入隆冬，伴随着翩然而至的雪花，气温骤降。元旦前，干部任职公示张贴出来，办公楼大厅的公告栏前"热气腾腾"，上面是处级副处级，下面是主任科员。

罗燕妮顺利升任办公厅调研一处主任科员，李高伟的结论可想而知。正如他自己当初预料的那样，袁主任出面做工作，他得到一个破例晋升的机会，随之而来的，是下沉基层挂职，目的地青海某国家级贫困县，职位是主管科技与扶贫工作的副乡长，挂职期一年。

任职公示前两周，袁主任把李高伟叫来办公室，小李一进门，袁主任招呼他落座，自己亲自上前把办公室房门掩上。然后，领导不痛不痒说了一些面子上肯定鼓励的话，最后表示年轻人在大机关做事起点很高，但走仕途还是要多一些基层历练，这对个人发展是有益处的。小李明白领导的意图，每年春节前，机关都会明确下派基层挂职人选，这次会落在他头上，相应的也会给一个升职的回馈。他当即表示对组织和领导信任和提携的感谢，一定会圆满完成下沉挂职的任务。

就这样，小李在这座位于西城区太平桥某国家机关办公楼工作一年半后，悄然离开了，这一走很多年都没能再回来，这是后话。临行前，袁主任和调研一处的同志们给小李送行，去了单位附近一家重庆火锅店，小李很兴奋喝得有点多，他一再表示好男儿志在四方，自己就是个地地道道的农村娃，去基层工作不惧环境艰苦，感谢领导给他锻炼的机会。燕妮依旧话不多，席间她为领导和同事们斟酒倒茶服务很周到。第二天早上，李高伟在宿舍醒来，收拾行李时，发现昨晚随身的背包里多了一支万宝龙钢笔，精致的礼盒系着蓝色丝带，他捧在手中感慨不已，如果说燕妮是心中的缪斯，那么为了她怎样做都是值得的。

这以后，李高伟从政多年，他一直习惯用这支万宝龙钢笔办公，文件材料上苍劲的行书字迹，满篇规整的修改批阅符号，这支笔陪伴着他一路升迁，主政一方。

小李走后，调研一处迎来一位基层上挂的同事小吕，来自江西九江市委办公厅，三十五六岁，正科级，精明强干，很快就补了李高伟的缺，因上挂干部不占用机关干部配备指数，一年后回原籍原单位，通常情况下，上挂干部与大家相处会比较和睦。而让人感到有些意外的是，这位小吕与余大姐和燕妮的关系处理得不一般，不像当初小李，如果处长在他都不敢过来串门，而小吕操着一口江西地方口音幽默风趣，每天上午下午都要来这边来聊上一会儿，说是给两位女士"早请示"和"晚汇报"，没过多久就跟大家打得火热，两位女士还常与小秦外出撮饭，杨处也睁一只眼闭一只眼，铁打的营盘流水的兵，上挂干部这样做也蛮正常，一年后回到原籍，还要仰仗在大机关挂职结识的人脉，只要他工作不落下，怎么能成。

这次升职顺利，让燕妮明白了一个道理。官场规则中所谓"有求必应"，如果自己有想法，先要明确表达心意让领导心里有数，毕竟职位有限，同等资历条件下，谁都愿意留给需求迫切的下属。你摆出一副有也行没有也能过的姿态，八成不灵，常规状态下，领导是不会上杆子追着下属的。另外就是要主动出牌，还要跟竞争对手打明牌，双方势均力敌时，千万不要私底下搞小动作，一切按部就班就有机会，即便此时不能如意，下一次也会轮到自己，领导都是关系制衡的高手，只要好好表现，是不会被亏待的。而这次与小李的竞争，自己是胜在资历深，加上工作的三年多时间，工作积极业务拿得起来，给领导和同事们留下好印象，加上一贯谨言慎行，没有人能挑理说出什么，最后就是顺水推舟、水到渠成。

升职后，燕妮月工资涨了两百块，春节临近，她给父母买了礼物，又给大海添置了新棉服。同寝室的小秦元旦结婚搬走了，这里成了她和男友约会的地方。休息日大海会来找燕妮，有暖气的筒子楼冬天很舒服，燕妮窝在床上看电视，嘴里吃着男朋友买的零食，心里别提多美了。

"妮，你一下就涨了两百块啊。"

"对呀。"

"这么多，在机关工作可真好，有地位让人羡慕，收入还高。"

"我心里惦记的可不止这两百块工资，五年以后晋升副处，就可以分个两居室的单位房啦。即便看不了那么远，等咱俩结婚时，这筒子楼也会留一个单间给我们。我跟小李这么争，不是为了别的，就是为房子。一步差池，失之千里。"

大海对女朋友真心钦佩，这么漂亮还有智慧，自己真是捡到宝了，怎么爱也爱不够。大海对未来的婚姻生活充满了期待，守着这么个贤惠媳妇，小日子一定会越过越红火。

/ 10 /

春节假期，大年初三这天，罗燕妮正式上门男友家，可想而知那热闹劲儿，大海的嘉陵带着燕妮一进胡同，就被守在胡同口的小姑子焦冬梅、小叔子焦明远接上了，他们簇拥着这位准嫂子回家别提多开心了，这模样、家世和工作单位，真是让人做梦都想不到。

燕妮给家里每个人都精心准备了礼物，给婆婆的礼物最为贴心，她节前去了宁夏出差，买了当地最好的枸杞，还有她参加机关征文大赛获得一等奖，得了一只暗红色花纹的高级保温杯，两样东西一起送给婆婆，枸杞泡在保温杯里，滋补身体也滋润了老人家的心。婆婆苦了这些年，忽然感觉心里面透亮了，为大海的亲事一直发愁，这下好了。

焦家老大也领着媳妇闺女回来了，大哥陪着婆婆、弟弟和弟媳妇在堂屋里拉家常，小姑子冬梅和大儿媳妇一起下厨，炖了鸡汤海参，红烧肘子和卤牛肉，四碟凉菜八大碗热菜，还为这位南方媳妇蒸了大米饭。

吃饭前，大海领着燕妮，把事先买好的稻香村点心给院子里的邻居挨家送去，新媳妇上门讨个吉祥，街坊第一次见到这么漂亮大气的姑娘，都开心得很，一个劲儿夸赞老焦家是上辈子积德真有福气。

下午把燕妮送走后，大海返回家已经是夜里。母亲一个人坐在屋里忧心忡忡地，大海赶紧给倒了一杯热水。

"妈，您没事吧，是不是身体不舒服？"

"把燕妮送回家了？"

"嗯。"

"唉，百里挑一的好姑娘，只是……"

"我知道您心里怎么想的，是担心她家里不同意。"

母亲叹了口气，"你找不上媳妇妈操碎了心，今儿领了这么个天仙回家，妈就更操心了。"

"您老人家把心放到肚子里，我跟燕妮相好大半年了，她对我是真心的。"

"妈知道这姑娘是实心实意想嫁进焦家，想跟你踏实过日子，可她父母那一关不好过啊。"

"我起初也这么顾虑的，可交往这大半年，看得出来，燕妮是个特别聪慧的姑娘，她一定有办法做通父母的工作，您就安心。"

"那你也老大不小了，你们打算什么时候办事啊？"

"燕妮说等到年底，我俩就领证结婚。"

母亲上前锤了儿子一个拳头，"傻小子，瞧你这福气。这么个花样的女孩，又有这样的好家世，这辈子你要好好待人家，不然我可不答应。"

大海嘿嘿直乐。

母亲拿出一个红包交给儿子，"今天你大嫂在，不方便往外拿，这是给燕妮的见面礼，里面放了1001块钱，千里挑一的意思。明个儿你给她带去，告诉她妈很欢喜。"

春节后的两会，因为心安定下来，燕妮干得特别顺畅。还是分在材料组，今年与往年不同，要封闭驻会两周，小山堆积般的工作量，燕妮和挂职干部吕和平挑起了大梁，袁主任关照老同志身体不能熬夜，只请余大姐把关指导，夜里加班讨论材料时间拉得很晚，余大姐不驻会到点就走。燕妮起草材料需要环境很安静，会务组分配给她一个单间。于是，除去在小会议室集中讨论，燕妮一般都窝在自己房里，每天持续工作十几个小时。她在驻地附近的花店订购了鲜花，一周送两次，酒店每天供应新鲜水果，从家里带了两大包意大利咖啡粉，一包放在小会议室，一包自用，每天两大杯黑咖啡，不论什么时候见到她都是精神抖擞，一身使不完的劲儿。

想到年底就要领证结婚了，因职级调整，单位可以分配自己一个单间，她就对领导感恩戴德，很开心地投入到工作中。心思笃定了，活儿出得自然漂亮。部领导提案议案的调整修改，分组讨论发言材料起草，相关行业资讯信息采集，大会简报要情摘要，她和小吕两个人通力合作一气呵成，让袁主任省了不少心，以至于杨处孩子生病请假，袁主任大手一挥也痛快放行了，燕妮俨然成为调研室的一支笔，让领导放心地委以重任，她也从来没有掉过链子。

一次午餐时，燕妮与袁主任闲聊，说起机关搞文字流传的一句俏皮话，"一稿二稿，搞了白搞；三稿四稿，刚刚起跑……"讲的是初稿成稿率不高，大多会被上一级领导推翻掉重新写，经手人多了，稿子少了匠心灵气。袁主任说到这里，忍不住要夸夸这位下属，"小罗，你的初稿成稿率就很高，这一点别说年轻同志，就是机关的老同志都很服气，这里不仅是勤奋、悟性，更有持之以恒的学习和坚持"。燕妮听后倒是蛮淡定的，她认为多数初稿质量不高，除去写手能力不足，主要原因还是准备工作不充分，说到底是思想上不够重视。举例子说，部长本科是南开大学中文系毕业，后面硕博在经济学专业进修，一路成长在金融口。为他撰文代拟稿，看似专业性很强，实则有一点也是要关注的，中文系出身的领导不论行至何位，最终出手的文章文辞都要流畅雅丽，另外，一把手的讲话稿，少不了对中央相关领域精神的高度共识，更少不了独创的观点见解，万变不离其宗，所谓传承与创新，二者必不可少。最后，燕妮向领导坦承，自己最擅长的不是机关公文，是戏剧文学创作。

"那你业余时间可以搞搞文学创作。"

"不行，我要把全部心思放在工作上，这不是唱高调，这份工作是安身立命的饭碗。写小说也写不出个房子，主任您说是不是？"

袁主任看着眼前年轻娇美的燕妮，一种感觉真真切切，这丫头真适合走仕途，遇事沉着大气、波澜不惊，思路清晰，永远不会迷失自己。他又想起远在青海挂职的李高伟，其实这对年轻人资质上伯仲难分，又都是师出名门，外形登对，如果不是燕妮已经有了男朋友，他俩才是天生一对的革命伴侣。有燕妮这样的贤内助，小李满怀的政治抱负一定能够早日抵达，飞得高走得远。

多年以后的事实证明，袁主任深谋远虑，他的判断是有道理的。

节后，李高伟去了青海省东南部的果洛藏族自治州报到，这里是部里的对口扶贫点，他先是在乡镇任职锻炼熟悉情况，三个月后，任职州委办公室副主任。国家机关下派的挂职干部，地方一般会特别重视，他们是链接机关与地方工作的纽带。多年前的一部官场小说《驻京办》，让读者懂得"跑部钱进"是地方驻京办的首要任务，但此事依托的重要力量，恰恰是这部分挂职地方后回京的干部，利益关联暂且不说，对曾经工作过的地方自然会有一份情义，人心都是肉长的有感情。

小李的国家机关背景、名校学历，加上业务处事能力，无疑在挂职点的工作开展是顺畅的，人际关系也是融洽的，他很快得到州主要领导信任，与身边的同事们打得火热，常常陪同下乡调研现场协调办公，自然环境虽恶劣了些，物质上倒没有吃什么苦头，再者说，只要能干事业有前途，吃点苦又何妨。只是在每天夜深人静的时刻，他会想念在调研室工作的时光，两位领导对他的提携，余大姐的幽默，还有美丽的燕妮。

来到万里之外的西部边陲，李高伟才清晰地意识到，一颗心早已情系才女燕妮，此生抱憾，只能将这份眷恋掩藏，寄情于仕途。多年以后，两人在京重逢，才明白这份情深意长铭心刻骨。他一直单身，直到30岁那年才结婚生子，这是后话。

五一劳动节前，燕妮收到一个青海来的邮单，她和小吕叫了车把包裹从邮局取回来，沉甸甸的，不用多想，一定是李高伟从挂职点寄来的。打开箱子，里面是五包黑枸杞，每一个包上都写着名字，小吕也有一份。野生黑枸杞是果洛特产稀有珍贵，捧在手里同事们很感动，小李去了藏区艰苦的地方锻炼，心里依然惦记着大家，他做事情一向面面俱到，小吕这位素未谋面的上挂干部同样放在心里，可想而知，这位地方干部已经被他无形中在感情上拉拢，成为日后官场进阶的兄弟帮。

燕妮回家后打开自己的小包，除去黑枸杞，还有一条藏族风情的围巾，一张风景明信片，明信片背面是空白的什么字也没写，这多少让人有些意外。燕妮手握这张明信片很有感触，当初下了决心与小李一争高下，只是基于生存意义的自我保护，如果没有这次白热化的竞争，两个人都是文科生，同样喜爱文学创作，也许可以成为莫逆之交。但生活没有如果，所有发生的一切，都是最好的安排。从自己想清楚了要与大海结婚过日子，一颗上进的心就没有停歇过，在这个场子里自己终会拼尽全力，拿到应得的权益。从此，她不再是娇生惯养的乖乖女，她是小家庭里的顶梁柱。

周知的原因，中国的官场和官员总是蒙着一层神秘的纱，官员们常常被文学或影视作品塑造成情感冷漠、擅长攻心术的厚黑形象，好像政治斗争玩得全是尔虞我诈、你死我活的零和游戏，实则不然。学而优则仕，绝大多数官员在学生时代都是高校里拔尖的人才，来到体制内工作，更多的初衷是情怀和使命感驱动。不是你想选择这个职位，而是组织部门认定你可以胜任这个职位。不论中央还是地方，大多数公务员都是要从最基础的工作做起，数十年一步一个脚印积累方能行至高位。

他们满怀政治理想，但几乎没有人认同自己的职级有多么高贵，所谓的特权思想只是极少数而已。大多数人的职业生涯每一天都是如履薄冰，轻易不会树敌，不论自己退休时处于什么样的位置，最高目标只有一个——善终。

/ 11 /

酷暑之后，北京迎来了一年中最美的金秋，秋高气爽早晚凉爽舒适。国企改革的浪潮中，国营老字号天海居开始改制，要在内部遴选一位职工承包经营。老刘经理还有一年时间退休，他举荐了焦大海，大海的优势有目共睹，他在饭店工作十年，从学徒工干到颠勺的主厨，厨艺是公认的好，加上为人厚道，饭店上下几十名员工没有跟他红过脸的。当然还有一条，大海媳妇是大机关的干部，有身份有地位，能为饭店经营带来实惠，让大家伙儿很服气。还有，承包经营饭店，经理要交两万元风险抵押金，单这一条就难倒了多数人，个别有竞争想法的员工也是有心无力。

老刘经理找大海谈话，大海表示不置可否，他感谢领导信任，但抵押金是一笔不小的数目，要回家跟媳妇商量。大海心里有点忐忑，自己手里没有存款，这一年多工资都交给燕妮了，前些年的都在母亲那里保管着。

大海挺想当经理的，工作多年对单位有感情了，再说自己当了经理，可以让女朋友有点面子，不至于在娘家总别扭着。领导谈话当晚，下了班已经是夜里9点了，大海骑车跑去燕妮宿舍找她商量，还没等他说完，燕妮就开心地叫起来，她双手搂住男友的脖子，亲吻了他。

"亲爱的，这一年，你交给我的钱都存着呢，有8000元了，我自己这几年攒了一万多块，凑起来两万块应该够了，我明天就去取出来，你交给单位，快点把这事应下来。"

"妮，另外的一万块我找妈要，我想当这个经理是为了你，不想让你父母看不起我。"

"不行，你给家里的钱不能要，那是给妈养老的，咱们这么年轻，赚钱的机会多的是。今后不要再提两家条件悬殊了，咱俩唯一的差异是出生在不同的家庭，大海你那么聪明，如果当年不是爸爸的身体，你一准能考上大学读个喜欢的专业。跟你好不图别的，我这人外表看起来还行，自个儿的毛病自个儿心里门儿清，今后日子过久了你不要烦我就好"。说完跟男友秋波传递笑起来。

大海听完这一席话，心里别提多幸福了。这个晚上，燕妮没让大海走。年底就领证登记了，在她心里，大海已经是自己的合法丈夫了。

大海交了风险抵押金，顺利接替了老刘经理，加上饭店上下的拥护支持，爱情事业双丰收，人生真是志得意满了。他想起小时候，胡同里来了位道士给母亲卜卦，说这个儿子长大会孝顺，命也好，30岁以后行大运。

十一黄金周，罗教授全家去上海和舟山群岛玩了一大圈，假期结束前才回到北京家中。晚饭后，罗教授夫妇品茗闲聊，这一年多，他们看着女儿从失恋的低谷迅速走出来，工作上进步，人也越发成熟老练了。马上就年满26周岁，法定婚龄都过了，是时候帮忙张罗了。聊到这儿，卢琳把女儿从卧室里面叫出来，三个人一直朋友似的相处，有什么话都可以敞开来谈。不曾想卢琳一开口，燕妮就表态了。

"爸妈，你们的心思我都懂，就别操心了，我已经有男朋友了，我们打算元旦前就领证。"

"从来没听你说起过啊，小伙子干什么的？家是哪里的？"

于是，燕妮一五一十、原原本本把男友情况向父母和盘托出。

接下来的情形可想而知，放在一般家庭就是海啸了，高知就是高知，夫妇俩沉默了片刻，罗教授先开口。

"燕妮，你这是已经决定了，只是知会我们，对吗？"

"是的，这件事我不想多谈。我是成年人了，我的婚姻自己做主，我会对自己的人生负责。"

"我们知道，孟昕的事情对你有伤害，那你也不能这么任性啊？女儿你会吃亏的。"母亲明显沉不住气了。

话音未落，罗教授打断了妻子，"卢琳你不要扯这么远，一码归一码。燕妮，如果你真的决定了，我们也不拦你，你的户口落在单位集体户，想拦也拦不住。但这件事情来得突然，要容我和你母亲有个反应的时间。一时半会儿的，还很难转过弯来。"

"那好，我今晚就回宿舍住，这个周六上午十点，我带大海回家你们见见面，也考察一下。"

说完燕妮回屋收拾衣物，下楼打出租车走了。

一坐上车，她就给男友发了信息，请他来宿舍见面详谈。

大海火急火燎地从饭店赶去与燕妮会合，听她讲了在家里跟父亲摊牌的事情，突然觉得很不安。但燕妮的神情依然俏皮和淡然，她抚慰着男友，"放心吧，我不打没有把握的仗，从小到大我就很顺，我们的婚事也会顺利的。"

大海把女朋友紧紧搂在怀里，"也是，早晚得有这么一天"。

周六上午十点，罗家门铃声响起来，卢琳去开门。门一开，燕妮在前，后面跟了位个头不高挺敦实的小伙子，卢琳心里的不快只在脸上维持了两秒钟。

"燕妮回来了，这是大海吧？"

燕妮回头看了一眼大海。

"伯母好。"

两个人手上都满满地拎了东西。大海手里是给家长的礼物，燕妮手里拎着几个食品袋。

"大海，你把东西放在客厅里，咱俩去厨房。"

"哎。"

"燕妮，你爸爸都安排好了，我们一起下楼吃饭。"

"下次吧，妈，菜都买好了，今天你们尝尝大海的手艺，我来打下手。"

小两口进厨房关上门开工。

罗教授和妻子坐在客厅里面面相觑，听着厨房里传出燕妮的欢笑声，锅碗瓢盆交响曲，很快，女儿端着碗清汤狮子头出来，她开心地瞥了一眼爸妈，吐了吐舌头又钻回厨房了。

红烧大黄鱼、清汤狮子头、大煮干丝、蔬菜沙拉还有一道奶油蘑菇汤。

氛围冷清的一顿饭，罗教授很客气，招呼着准女婿多吃一点，夸他手艺不错。卢琳没有多的话，"大海辛苦了，这些菜式都是我们爱吃的。"燕妮一个劲儿往男友碗里面夹菜，笑着向他抛递媚眼，小两口一副甜蜜的样子。卢琳眼里看着戏，嘴上也不饶人。

"难怪你回家不爱吃狮子头了……"

"是呀，外头有人给我开小灶了，嘿嘿"，燕妮接过话，把一口狮子头喂进嘴里。

吃完饭，两位长辈在客厅看电视，燕妮和大海收拾好碗筷告辞，"爸妈，我们走了，去西单逛逛。"说着穿上鞋要往门外走。

"燕妮，你等一下。"

卢琳叫住女儿，转身回卧室取出一个小包递给她，"这里面有张存折，10万元，密码是六个6，祝福你们新婚快乐、永远幸福。依照北方的规矩，婚礼我们就不过去了，你买身好衣服打扮打扮。"卢琳一脸的清冷。

大海懵了，燕妮拉拉他的袖子，"还不快谢谢爸妈。"

"爸妈，您二老放心，这辈子我会照顾好燕妮，拿她当宝贝一样捧着。"说完，他给两位长辈深深鞠了一躬。

罗教授挥挥手，"去吧，去吧。"

窗外，看着女儿高高兴兴坐着嘉陵而去，卢琳的心情真是复杂。她把头靠在先生肩上，两行眼泪滚落下来，"就这么嫁了……"

"只要她开心就好，这丫头有大智慧，放心吧，她能照顾好自己。"

/12/

周一上班，燕妮打报告申领户口本办理结婚证，前面瞒得太紧，把领导和同事们吓了一跳，原以为她的男朋友是远在杭州的省长公子孟昕，"地震"来得实在有些猛烈。大家眼里这位不食人间烟火的仙女，要下嫁凡间的董勇，不，焦大海这个条件怎么比得上人家董勇，董勇好歹有才有貌啊。但余大姐还是心疼燕妮，私底下找她谈心，问到底是怎么一回事，为什么新郎不是孟昕呢？

"这件事情太隐私了，我不想多谈，但您是最亲的大姐，我可以坦诚以待。孟昕他犯了点小错误，事后他对女孩子负责任的态度，我是肯定和支持的，说到底，我们还是没缘分。大海是后面才认识的，交往一年多的时间，我看得很清楚，他是可以托付终身的人。"

"家里同意吗？"

"同意，爸妈都希望我过得幸福。"

"燕妮啊，别看你只有二十六岁，年纪轻轻的，却有四十岁的心智。相信你的选择，需要大姐做什么尽管说，我就是你的娘家人。"

结婚申请很快被批准了，手里拿着机关服务中心发放的婚姻登记表和计划生育申领表，燕妮别提多开心了。这大半年的时间，升职、结婚两件人生大事，都是一步一步按照自己的既定目标发展落实，谁说按部就班不好呢，大家都期待创新和变化，但凡事总要有周密稳妥的安排。

　　12月25日，燕妮跟单位请了一天假，这一天是西方传统节日圣诞，也是燕妮的生日。上午十点，她和大海去街道办事处领了证。燕妮穿了件大红色羊绒衫，大海一身崭新的藏青色毛料西装，两人头靠拢拍了合影照片，按了手印领了证，正式步入婚姻殿堂。

　　中午办完事出来，大海带着新婚妻子去了崇文门的马克西姆餐厅，这家消费层次很高的法餐厅她一定会喜欢，两个人交往期间，大海心里很清楚，为了减轻他的经济负担多攒些钱，燕妮几乎没有添置新衣服，连餐馆也不进了，自己当上饭店经理也是她在经济上支持，这下要结婚了，娘家还拿了10万元陪嫁，这一切他都感恩于心。

　　的士停下来，大海先下车，绕到另一边为妻子打开车门。

　　"大海，你要带我去哪儿呀？"

　　"闭上眼睛，我牵着你走，要给你一个惊喜"。

　　燕妮心情倍儿好，她闭上眼睛。

　　一件驼色系着腰带的羊毛长大衣，衬托着女生高挑靓丽的身姿，身旁身高相仿的男生穿了件黑色猎装皮风衣，男生紧紧搂着女生，一起上了二楼。

　　"好了，睁开眼睛吧。"

　　一幅巨型的彩色照片，照片的中央是位气质超凡的年轻姑娘，穿了件黑色晚礼服，头发整齐挽在脑后，俊俏的五官真是迷人，身边围着几位正装男士。

　　燕妮甜笑起来，"大海，这是大明星巩俐。她身旁是导演张艺谋、男演员姜文、作家莫言老师，这应该是电影《红高粱》在柏林捧得金熊奖后，剧组主创在这里庆祝留下的合影，巩俐好美啊"。

"妮，你可真博学，在我眼里，你比大明星还好看。"

"我是中文系的嘛，对戏剧和电影文学特别有兴趣，大三时还专门去过导演的剧组探过班。大海，罗燕妮哪有人家大明星漂亮啊，不过是情人眼里的西施姐姐。嗯，这家餐厅好贵的……"

说完，燕妮撒娇似的嘟着嘴，把头埋进爱人怀里。

"走，今天是我们的好日子，昨天就订好位子了。"

两人落座后，值班经理走过来，为漂亮的新娘送上大捧红玫瑰。"今天是你们大喜的日子，感谢两位惠顾马克西姆餐厅。"说完，朝大海挤挤眼睛。

燕妮接过玫瑰，幸福得满脸粉扑扑的。

"谢谢，您是大海的朋友吗？"

大海起身，亲热地搂着经理的肩膀，"这是我职高同学，赵晓文，他毕业后就出国进修了，前年才回来。是餐厅经理，噢不，国外叫高管。"

"哈哈哈，大海，真有你的。难怪同学们都说你娶了一位神仙姐姐，今天一见，还真是美若天仙。哥哥嫂子，生蚝是昨儿法国空运来的，酒是Haut-Brion红颜容，不打扰了，两位慢用。"说完他朝哥们儿挤挤眼睛走了。

吃完最后一道甜点，燕妮心满意足，大海平时不饮酒，但今天两人把一支红酒喝完了，大海招呼服务员埋单，被告知赵经理已经结过了，今天是他为两位新人送上新婚和圣诞祝福。

大海心里过意不去，一方面感激老同学的情谊，一方面也切实感受到这一年来，自己在单位和同学群里地位非比寻常，大家聚会都爱叫上他，有啥好事也会想着他，他心里很清楚，这都是妻子带来的光环。生活是现实的，哪怕是最亲近的小伙伴，人都想往高处走，是完全可以理解的。

燕妮看看大海，"亲爱的，同学的心意，咱们就领了吧。"

她回望了一眼身后那台钢琴，看情形平常晚餐时间都会请人来演奏的，中午才空闲下来。征得同意后，她径直走过去，在琴凳前坐下。她打开琴前放置的一支麦，"下面，我要弹奏一首贝多芬《a小调巴加泰勒》，这是贝多芬于1810年创作的一首独立钢琴小品，又名《致爱丽丝》，感谢赵经理的款待，把这支曲子献给我最亲密的爱人，以此纪念我们人生旅程中特殊的日子。"熟悉的旋律中饱含深情，琴声刚落，掌声热烈响起。

坐上车，大海问妻子，"知道你会弹钢琴，没想到弹得这么好。"

"那你要感谢爸妈，在他们的精心栽培下，你媳妇长了一身的本事。今后，要是缺钱用，我可以来马克西姆弹琴啊。"

"想什么呢，我媳妇弹琴是生活有情调，不是为了讨生活。放心吧，我好好经营饭店，一定让你过好日子。"

大海这一路思来想去，妻子真是一个完美的姑娘，大气内敛、谦逊善良，与三教九流都能大大方方交往，事事有计划讲节奏、落地漂亮利落，难怪能得到机关大领导的赏识提携，她让身边所有人安心，让亲人们结结实实地感受到幸福，日子过得有奔头。

小两口逛了一圈回到四合院，小姑子今儿休息，和婆婆在厨房里剁馅儿包饺子，老人应声出来，把小两口领到堂屋，从柜子里拿出事先包好的喜糖。

"妮儿，照你说的，每家一包大白兔，一会儿你俩给街坊挨门送去。"

"唉，我们这就去。"

"早一点回来，专门给妮儿包的饺子，韭菜鸡蛋馅儿。"

婆婆笑得合不拢嘴，这门亲事让人太满意了，如果老头子还活着，也会开心的。自打春节燕妮上了门，这大半年过去，胡同里住了几十年的老街坊来家里走动勤了，有点好吃的也往这儿端，都说老焦家有福气，让天上的七仙女下了凡间。

五一节这天，天儿湛蓝，温度适宜不冷不热的。胡同里家家都透着喜庆，老焦家从里到外装饰一新，院子里面摆满了盆栽花卉，门外一个大大的喜字。焦家老二大海在天海居办喜事，街坊每家出两个代表喝喜酒。邻居私下凑一块议论，"虽说是自己承包的，在天海居这样档次的餐厅办喜事也够气派的，听说开了二十桌呢，连喜酒喜烟喜糖都比别家高档丰盛，真是不得了，这新娘子家里得多有钱有势呀……"

上午11点，袁主任带着家眷第一个抵达天海居，他是婚礼证婚人，袁主任正装背头一看就是机关大领导范儿。小两口在门口接了领导一家进休息室，新娘子一身红色洋装盘发漂亮极了，新郎给袁主任点上烟，领导满意地点点头。

"燕妮，你来。这是王秘书昨天下班前送来的，是部长的心意。部长那里也是破了例，机关那么多年轻人，他关照不过来，你收了就好，不要声张。"

燕妮接过红包，沉甸甸的，心里面很感动，真是没想到，部长还会关照自己这个小萝卜头。

我党打江山坐江山有两大法宝，枪杆子里出政权，笔杆子里出真知。办公厅调研室不像其他业务部门风光，文字工作单调枯燥年轻人都不愿意干。其实，从上到下领导心里都是透亮的，工作抓得再好，也得靠这支笔杆子总结好宣传好。长期留在领导身边服务，时间长了，站位格局、思想境界、目标追求与领导人高度一致，没有哪个领导是不爱惜人才的。

　　燕妮转身把红包交给大海收好，意味深长地看了他一眼，大海顿时明白了，怪不得袁主任来得早，就是为了充分转达部长的心意。嗯，自己跟燕妮时间长了，领悟力也提升许多。大家都说媳妇前途无量，部长这么器重她，还真是没跑。

　　11：58，吉时到。

　　新娘子机关的同事、大学和中学同学、闺蜜好友全都来了，足足坐了十几桌。新郎街坊同学也来了几桌，一时间宾客盈门热闹极了。老北京传统的婚礼流程特别接地气，敬酒全程新郎只是憨笑，新娘周到地招呼大家，有同学问："燕妮，怎么没见到你父母呢？"

　　燕妮应答，"北方的规矩，婚礼娘家不来。明天回门答谢宴，我爸妈学校的同事都来。"

　　还有同事问，"小罗，天海居这样的饭店结婚可气派。"

　　"我家先生就是饭店经理，以后您有亲朋好友办喜事尽管来，亲友有折扣。"

　　更多的是来自宾客道喜的声音，新郎一杯杯喝酒，新娘一声声应答，宴会结束，服务员给每位女宾和孩子发一袋喜糖，男宾客是一包喜烟。

　　大家又吃又拿，开心满意。

　　晚上回到婆婆家，大哥跟大海对账，这喜宴办下来的开销，与宾客随的礼钱不赚不赔，刚刚好。

　　"别人家都指着办喜事赚钱，你和妮儿是平的。"

　　"大哥你不懂，妮儿这账算得合适，今天来得客人你也看到了，多数是机关的领导同事，正好拉关系呢。平常哪有这样的好机会，今后日子长呢，你想啊，下面基层来部委办事的都要请客吃饭吧，低档的去了寒碜，太高档的西餐厅又不合适，以后不都得来我这儿照顾生意嘛。"

　　一席话听得大哥频频点头，"大海，你这哪里娶得是仙女媳妇啊，简直就是尊活菩萨。咱老焦家这势头都被她带起来啦。正所谓一人得道，鸡犬升天。"

"哥你胡说什么呢，嘴上要把门啊。我是干部家属，你也跟着沾光。"

婚礼过后，袁主任安排基层接待，小两口去了九寨沟度蜜月。这一趟旅行让大海有了更深刻的感受，先不说一路省了多少钱，就看市县两级领导出面陪同招待，给了多大面儿，这哪是小老百姓能接触到的，即便搞个体经营有了几个钱，又算得了什么呢？

婚后两人各就各位。小两口住在单位分的筒子楼单间，大海每天早起忙活早餐，然后送妻子上班，他去饭店，中午晚上燕妮都在单位食堂解决。大海每周休息一天，带着燕妮隔一周回婆家或是娘家，小日子过得平静和美。

进入七月，来调研一处上挂的小吕要回江西了，原本五一要走的，燕妮结婚处里人手不足，多留了他两个月。小吕人精明，明白傍上大机关领导是最重要的，日后自己在江西仕途走得如何，还要看中央的人脉。他跟调研室甚至机关每一个有业务交集的同志关系处理得很到位，一张嘴抹了蜜似的。

这些日子，小吕与罗燕妮搭帮写材料，接触多了，他发现小罗外表看起来清高，实则不然，机关里面藏龙卧虎，这姑娘年轻，但一点也不稚嫩，人漂亮工作干得更漂亮，心思缜密行事稳健堪当重任。小吕面上跟谁都好，私底下跟燕妮来往更紧密些，每个节假日从江西回京都要单独给她备份礼物，加上燕妮婚礼请假他替着干了不少活儿，燕妮心里有数，待他十分敬重。临行前，袁主任叫上调研室全体为小吕送行，算是尽到面上的礼节。

第二天，燕妮把小吕请到筒子楼，大海特意请了半天假，他亲自掌勺炒菜，开了一瓶红酒，三个人推杯换盏有说有笑。酒过三巡，小吕打开了话匣子。

"燕妮、大海，哥有句话不知当不当讲？"

"您吩咐就是了。"

"我在北京工作这一年多的时间，看明白一个情况。"

"什么情况？吕哥您这么能干的，要多提点我们。"大海接上话。

"你们小两口住着单位分的单间，现在看起来还不错。过几年小罗职级上调，还能分个两居室单元房。两位家里都是老北京，经济上没有负担，我观察北京的商品房市场，寸土寸金的地方，将来一定会有大的升值空间，两位还是趁早把房子买了，早买早得实惠。"

大海听了频频点头，却没放在心上。买房子要开销一大笔款项，两个人月收入是固定的，办完婚事手头不宽裕，再说妻子单位过几年就能分单元房了，都是好地段。

燕妮不言语，嘴上只说谢谢。

第二天一早，燕妮跟大海说周末不要安排事情了，一起去看房子。大海明确表态不同意，他有自己的小算盘，自个儿拿不出钱，手里只有岳母给的十万元，买房置业这么大的事儿，婆家不出力全靠娘家，那也太没面儿了，过两年等经营饭店手头有钱了再买也不迟啊。这是他第一次违背妻子的意愿提出反对意见。

"大海，家庭建设咱俩都有责任，你的想法固然有道理，但谁年轻时不吃点苦呢？再说了，家里给的钱是我们夫妻共有的，你有什么想不通的？同学在市住建委工作，我找他打听了，小吕说得没错，北京城区规划要东扩，央视要往东边迁，东三环已经规划成CBD，你知道什么是CBD吗？"

"不知道。"

"中央商务区，西方发达国家的首都都有CBD，随之而来的是周边产业带动，住宅价格快速上扬。你想啊，在外企工作的同学月收入比我高出3倍还要多，她们总部集中搬到东边办公，那房价还不得飞涨啊。我们先下手为强，就这么定了，周末去看房。"

"妮儿，容我想想，这么大的事儿。"

"到礼拜六还有好些天呢，给你足够的时间考虑，能想通最好，有意见请保留啊，民主之后是集中，这事儿得听我的。"

"妮儿，其实刚才我一开口就后悔了，以你的智慧，在咱小家庭的地位，一定能说服我，我还是识时务吧。"

周末，东三环一处高档楼盘里人头攒动，燕妮手挽着大海，跟随售楼小姐看了沙盘和样板间，细细考察两个小时，燕妮决定就是它了。大海建议再多看几个楼盘，可燕妮坚持拍板了。

"亲爱的，我同学和男朋友把附近楼盘都看遍了，选来选去，就是感觉这个'罗马花园'性价比最高了，她们两口子都是搞商贸的，最会精打细算，咱们沾个光也别费劲了，我也累了，去吃饭吧。"

"想吃什么了？"

"铜锅涮肉啊。"

饭桌上，小两口算账。"大海，算来算去，10万元只够交一居室首付，咱先买上，等今后攒了钱再换个大点的。"

大海点头同意了。

吃完午饭，两人去银行取了两万元订金，折回去就把房子预订了。就这样，小两口拥有了人生第一套单元房，虽然面积不大，但想到一年后，两人就可以有独立的卫浴厨房，还是挺满意的。

按揭买了房子，每月要还1500元贷款，燕妮工资的一多半就开销出去了。大海常说，幸好媳妇有份稳定的工作，否则每月还贷得多着急呢。

大海接手天海居餐厅后，生意果然好起来，他重新调整了菜谱，增设了中高档次套餐，还把大堂的营业面积缩小了三分之一，改装成雅座包间，餐厅内饰中西合璧别致风雅，为接待公务宴请做了很多准备。燕妮告诉他，天海居的地理位置有着天然优势，周围有四大部委，餐厅门脸不算大比较隐秘，正好适宜公务用餐。逢年过节地方多少进京拉关系的，总要找个方便的地方吃饭吧。

除了餐厅软硬件的改善，大海还在服务人员的素质上下功夫，招聘一批学历高形象好的年轻女孩，另外就是适应潜规则，VIP客人有八五折优惠，现金月底如数返给常来用餐的主宾。如此这般，天海居哪有不火的道理，营业额噌噌往上涨，当年就完成了承包指标，把两万元风险抵押金拿了回来。

燕妮托关系给大海报了市委党校函授班进修，专业是燕妮选的，读企业管理。大海在班级年长些，被推选为班长，同学中大多是各区委办局和郊县的干部，因此他结交了许多人脉，同学们隔三岔五就来天海居消费。大海觉得媳妇挺神的，自个儿工作干得好，还有商业头脑，而且每天下班回家看书弹钢琴，一点不耽误生活。

婚后半年，燕妮就有了身孕，孕吐最严重时依然坚持上班，一点也不娇气。大海心疼想让她请假歇歇，可她依然坚持。

"放心吧，不碍事，我小时候是运动员身体底子好。大海你要想得通，咱俩现在日子越过越火红靠的是什么？我们永远要把握生活中的主要矛盾，人要懂得感恩，饮水思源不说，只有我的工作顺当了，一切才能顺顺利利的。"

"就是看你辛苦特别心疼。"

"那你每天中午做点好吃的，给我送单位去。"

"好啊，宝贝媳妇，我不疼谁疼？"

于是，燕妮总能在下午收到天海居送来的糖水和点心，食堂大锅菜吃得有点腻，就指着这顿加餐。有时被领导撞到难为情，可领导对孕妇还能有什么意见呢，人家又没耽误工作。

春节临近，燕妮挺着快五个月的孕肚，在办公楼进进出出挺惹眼的，她的四肢依然纤细步伐轻盈，每天快快活活地上班，和同事们话也多了，年长一些的女同事会传授一些孕期和育儿经验给她，这样的交流自然是愉快的，燕妮喜欢倾听学习，因为孕育中的小生命，生活变得更加美好了。妈妈卢琳常打来电话嘘寒问暖，交代一些生活医学常识，婆婆包好了韭菜鸡蛋馅儿的饺子等着她下班回来吃，一大家子都拿她当公主一样哄着。

一天午睡过后，燕妮去档案室借阅文件，身后有一个人轻拍她的肩膀，原来是在青海果洛挂职的李高伟。

"高伟，你怎么回来了，有两年没见面啦。"

"我在地方续任了一年，这次是回京述职。"

"那你很快就回处里上班了，是吗？"

"不，我打算办理正式调动手续，留在果洛了。"

"是不是升了？"

"嗯，果洛州副州长。燕妮，这并不是最重要的，地方缺人才，需要有知识有闯劲的年轻干部。留在机关，多我一人少我一人也没什么。"

燕妮有些尴尬，点点头没接话。

"你们女生不一样，艰苦地区不方便去，在大机关做文职是最好的选择。而且你这么优秀，一定会有前途的。"

说完，小李看了一眼燕妮的孕肚，"几个月了？"

"快五个月了。"

"真好，你喜欢男孩还是女孩？"

"男孩。"

"我明天就回青海了，你要照顾好自己，想想前些年咱们一起共事的日子，还是挺怀念的。燕妮，你知道吗？一起弄材料，我总骂自己笨，你的记忆力太好了，中央和部领导的讲话材料你能大段背诵，这太可怕了，每次跟你一起上会都是压力山大。"

燕妮开心地笑了，她心里明白，论政治智慧两人旗鼓相当，论格局抱负，李高伟高了不止一筹。

"我这个样子，不太方便陪你用餐。保重，一路顺风。"

李高伟点头致意，他的女神一点也没有变，还是那么漂亮可人。如果说有一点变化，是孕育带来了成熟的风韵，这恰恰让她更加迷人了，即便燕妮已经成为别人的妻子，即便怀了身孕，他依然爱她，真诚地祝福她。

两周后，燕妮收到份快递，一看是青海寄来的，心里已经猜到了。不出所料，是李高伟寄来的果洛特产黑枸杞。

燕妮把黑枸杞分成三份，婆婆妈妈和自己，每人一份。大海用来炖鸡汤特别滋补。这枸杞汤一喝就是多年。以至于后来李高伟留任地方一路升迁，燕妮还是常常想起他，世事变幻，如果当年自己不是猛烈地与他争夺那个位置，小李不会离开机关，不会去艰苦的藏区工作。那个位置，如今看起来是那么微不足道，可每个人的仕途都是从渺小起步。换一种思维，如果小李不去青海，他也没有机会就此步入仕途的快轨，两个人留在机关一路相爱相杀、打拼扶持，或许能成为最好的朋友，惺惺相惜的那种。

数月后，燕妮生了个男孩，小名喜宝。

喜宝满三周岁上幼儿园那天，燕妮收到李高伟从青海寄来的喜糖，他在信里说已调任省发改委工作，在省城安家了，妻子是一位藏族姑娘，新的岗位工作很顺利，只是常常想念调研室的领导和同事们。收到这封信，燕妮为小李由衷的高兴，她去邮局汇去两千元，是给小两口的新婚贺礼，一直想找个出差或休假的机会去青海看看，也未能成行。是啊，自己一晃都满30岁了，小李年长三岁，年纪尚轻已是正处级职务，从果洛藏区调任省直工作，抢先抵达仕途的重要结点，是值得贺喜的好事。

/15/

国庆过后，有一件重要的事情提上日程，燕妮来机关工作已年满八年，按照干部提拔任用原则，如有职数空缺可晋升半格，可以任职处级副职了。她心里惦记的两居室单元房，也只有到了这个职级才能分配到手。现在住得一居室是婚后买的商品房，地段不错，只是儿子出生后面积显得局促了，娘俩住卧室，大海住客厅，儿子越来越大，夫妻也需要独立私密的空间。

房子的事情让燕妮小两口挺纠结的，天海居的经营越来越好，小两口婚后这些年日子过得节俭，手头存款足够换一套两居室的，可年初饭店改制，加上要自筹资金开设分店，30万元存款一下就用光了。当年为了分上筒子楼的单间，跟李高伟争得急赤白脸，现在想想还有些难为情，难不成为了房子又要披挂上阵吗？

燕妮决定这次晋升还是顺其自然，她不想找领导送礼说情。调研室的情况与当年相比有了很大变化，余大姐两年前退休了，杨处升任办公厅副主任，袁主任年底到线，几个月前调老干局任职过度了，自己的顶头上司刘处是前不久从其他司局调配来的，都是机关的老人还算熟悉，但谈不上交情。燕妮工作多年多少有些倦怠了，原本也不是争强好胜的人。

这天下班，电梯里偶遇袁主任。老领导很亲切，两人聊了一路，上车前袁主任叮嘱燕妮，"小罗啊，处级副职很关键，你这么多年的努力大家都看得见，自己还要多上心。"燕妮点头称是，让老领导费心了。

燕妮把喜宝接回家，晚饭也不吃和衣躺下了，大海一看就知道她是遇到难题了，需要一个人静静。刷完碗，大海带着喜宝下楼遛弯，等到晚上喜宝睡着了，他过来哄妻子，搂着她问什么事这么烦？

燕妮看看他，用手指了指天花板。

大海不明白。

"房子啊，咱们需要两居室啦。"

"亲爱的，过两年，等我手头缓缓，把资金回笼了咱就买。"

"你这个脑子啊，你家燕妮年底有机会调副处，升了职就可以分两居。"

大海笑起来，"明白啦，我媳妇是和平主义者。"

燕妮看着他气不打一处来，"你不分忧就算了，还取笑我。"

"不敢不敢，咱现在的日子比结婚时好过多了，眼看着我这买卖也上路了，燕妮咱等一等，直接一步到位买个大三居，行不？"

"不行，今天下班遇到袁主任，领导还劝我要争取。再说了，留在机关发展，这个职级真的很重要。"

"也是，升了职今后咱就是处座了，那得多有派，我脸上更有光了。"

"嗯，我想想啊，还是要谋划好，做得合情理。"

一阵风儿刮来小道消息，办公厅今年晋升职数有限，副处名额只有一个，三个资历相当的候选人，综合协调处文雅莉、调研一处罗燕妮、值班室付明。付明是军转干部，两年前才来机关业务不够熟悉，明显落了下风。文雅莉和罗燕妮，两人中会有一人胜出。而大家按照经验预判，文雅莉升职是大概率，她爱人是同校师兄，在某部委任职处长，更重要的，文雅莉为人油滑会来事儿，她跟杨副主任走得很近，单这两条罗燕妮明显落了下风。更为糟糕的是，综合协调处正副处长都有人，调研一处副处空缺，很有可能文雅莉要过来顶了这个缺儿，这就意味着，未来几年，燕妮都没有晋升的机会，要继续熬下去。

燕妮听到这个说法哭笑不得，想起当年毕业校招，她与文雅莉就是同场竞争，因为自己拒绝了系领导潜规则，两人多少有些尴尬，后面虽分在同一部门，关系却处得冷冷清清的。不曾想，这个节骨眼上，程咬金又杀出来了，真是冤家路窄，想不出什么好办法应对，还是见招拆招吧，背景再硬业务也要拿得起来才好，调研一处不是好混的山头。

任凭他人怎么臆测，燕妮一切按部就班，不显山不露水，看不出有什么想法和行动。只是文雅莉似乎得到什么高人指点，突然间对她热情起来，常来办公室找她讨论工作拉家常，当然人家去处长办公室腻着的时间更长，综合协调处平素只承担部领导和各司局日常事务安排、文件会签工作，大材料是不上手的。可近期两个调研，文雅莉都跟去了，这其中释放的信号不同寻常。燕妮知道她拉关系的本事很厉害，听同学说，当年那位优秀的师兄，就是被她费了心机弄上床生米煮成了熟饭，这让燕妮特别不屑，又联想到自己的初恋男友，这种把持不住下半身的男人真是可悲。

局势非常明显，刘处不偏不倚，谁也不得罪，当然他也没有什么话语权。杨副主任是向着文雅莉的，说来真是有趣，当年他站李高伟那边，就是燕妮对面阵营的，这次又是，算是巧合吗？好在他也没有绝对话语权，最多是一旁敲敲边鼓。燕妮每天观察着杨副主任那张脸，揣摩他们下一步想要干什么，一个处室共事多年，自己也没少卖力，难不成两人是八字不合吗？文雅莉一脸的志在必得已经掩饰不住了，每天精心装扮春风得意地四处活泛，燕妮看在心里却不为所动，默默处理好手头的工作，闲时就上上网看看文件，以静制动。

立冬那天，办公楼公告栏贴出一纸公选的通知，这是机关干部人事制度改革的创新举措，楼上楼下瞬间传遍了，燕妮明白好戏要上演了。中午午休时，她收到袁主任的短信息，只两个字"加油"。看到老领导为她鼓劲，燕妮更有信心了。

公选通告出来后，之前的小道消息都消停了，谁也没有想到组织部会放这个大招。第一关是笔试，是骡子是马拉出来遛遛，用官方话说，这是变伯乐相马为赛场选马，给年轻干部一个公开平等竞争的机会。燕妮想起当年参加校招时的满分答卷，想起婚礼当天王秘书托袁主任带给她的那个神秘红包。是的，鹿死谁手，不到最后一刻真不好说，谁也别得意太早了。第二天一上班，罗燕妮去组织部干部管理一处领取了公选报名表，她是第一个报名的，调研一处副处长的位置，她填得理直气壮。既然是公选，那就放马过来吧。

两周后，笔试放榜出来，机关一共三十六名干部参加六个处职副职岗位竞聘，罗燕妮笔试成绩第一，93分，拉开第二名8分。这是机关第一次公选，笔试人为干预的因素几乎可以忽略，这张笔试榜单一时间成为焦点话题，大家纷纷揣测调研一处的小罗，怎么会考出如此高分，这个分数，让某些同场竞聘的同志下不来台了。一样的上班下班结婚生孩子照顾老人，闲事琐事一堆，人家是怎么坚持学习的？

当年把燕妮招进机关的两位干部，如今已升任处长，听到一些议论很是感慨，"其实没什么好说三道四的，这个罗燕妮当年就是满分考进来的。"于是，满分答卷进机关这则消息低调多年，还是不胫而走。再看文雅莉的笔试排名，倒数第五。好了，应该没什么悬念了，这么个名次想跨岗位升职就勉为其难了，大家都是要脸的，被群众广泛质疑那公选就失去了意义，再硬的背景此刻也是苍白无力。

燕妮看到成绩单心里窃喜，谁说知识无用呢，知识就是力量。对第二轮面试答辩，她更有信心了，基本上胜券在握，了解她的人都知道，满腹经纶的小罗模样好、文笔好，口才更好。

周五组织部正式谈话，通知燕妮竞聘胜出。下了班，她约上同事一起去复兴商业城，给全家老小买了礼物。能赶上春节前搬新房子，住上敞亮的两居室，年三十让婆婆全家在有暖气的房子里守夜，想想就美美地。

16

　　罗燕妮是在同龄人艳羡的目光中长大的，如果说初恋男友的背叛是人生中第一次受挫，下嫁焦大海又被她人找补回些平衡。可谁也没料到，婚后丈夫一家把燕妮捧上手心上宠得像公主，个人工作得力升职回回没落下，厨师老公愣是被她经营成了饭店老板。这些年，在她的"庇护"下，小姑子焦冬梅从普通售货员成长为品牌专柜经理，小叔子焦明远读了清华研究生，大伯子焦建国也从车间工人变身厂保卫科干部，街坊四邻多少都找她帮过忙，她行事低调不张杨，但事事办在点上，人家都说燕妮命好，可她自己不这样认为，只不过是大事拎得清小事装糊涂，并无什么过人之处。

　　可这回姚彩琴带着女儿打上门来，这算大事还是小事，又该怎样处置？首先，大海要躲起来，街坊的吐沫星子能淹死人，他是几家饭店的老板社会声誉很重要。也不能让两位兄弟去办，急性子容易把事情搞砸了，小姑子也不行，一个未婚的大姑娘这事沾上不光彩。思来想去，还是她自己出面合适，姚彩琴不就是冲着自己来的吗？越遮掩越是被动，不如挺身而出大大方方会会这位不速之客。别的什么都好谈，想让她离婚让出大海这可不成，可以用钱补偿，再把姿态放低些，姚彩琴得饶人处且饶人，这事就遮掩过去了。还有，再怎么也不能伤着彩琴的女儿，孩子是无辜的。

　　燕妮请了两天假，去宾馆接了彩琴母女，陪着娘俩逛了王府井百货大楼，去北海公园溜冰，在牛街吃了聚宝源涮肉，吃饱喝足后，两个女人开始摊牌。

　　"彩琴，我们是第一次照面，但之前我听大海提起过你。你们当年的事情我知道一些，也同情你的遭遇。这次来北京，你有什么想法，可以开诚布公地谈谈。"

"老公这几年都在深圳打工，我在老家照顾老人女儿，他在建筑工地干活儿，上个月工地出了意外，人没救过来。现在我们一家生活没了着落。"

"那你有什么打算？"

"女儿是大海亲生的，现在我养不活了，要把孩子还给他。"

两人都沉默了。

"我不会跟大海离婚的，女儿很可怜，喜宝也不能失去爸爸，孩子需要一个完整的家庭。"

"我知道，大海不会跟你离婚的，咱俩的条件是天上地下，他怎么会要我？"

"这样吧彩琴，我这有3万元，是家里的全部存款，如果你同意，等会儿咱俩去银行把钱取出来。拿着钱回老家做个小买卖过生活，行不？"

"我不是来要钱的。"

"可人和钱，你必须要一样的，对吗？"

"嗯。"

"人，我不会放手，钱也只有这么多，你也别嫌少。"

彩琴沉默片刻点头了。

燕妮长舒一口气，都说拿钱能办到的事就不是大事，这下放心了。

三个人打车去银行取了钱，晚上燕妮买好了返程车票，第二天又亲自送母女俩上了火车，一桩旁人眼中天大的事，就这样悄无声息解决掉了。

很长一段时间，大海对燕妮满怀愧疚，反倒是燕妮劝慰他想开一点。"大海，也许我们上辈子欠了彩琴的，这次还上了。再说了，孩子总是可怜的，不为大人着想，也要为孩子多考虑。"

婆婆为彩琴母女着急上火，血压升高事发当晚就住进医院，大海和弟弟焦明远在医院陪护，听说媳妇已经把事情解决了，彩琴带着孩子回了老家，婆婆宽了心很快出了院。燕妮下了班赶回胡同探望，老人家特意留她住了一晚，这晚婆媳两人睡在一张床上唠嗑，婆婆唠叨说是老头子显灵了，出了天大的事，媳妇不仅没有跟儿子闹离婚，连一句埋怨的话也没有。

燕妮安抚婆婆，"这有什么呀，我跟大海认识的时候他已经三十岁了，三十岁的男人谁没谈过恋爱呢，再说了，这些都是过去的事情，处理好就行了呗。"

第二天吃了早饭，婆婆拿出一张银行卡交给燕妮。

"妮，这是5万元，你一定收着。妈老了也不花钱，嫁过来这么多年，你对老焦家怎么样，妈心里有数。"

燕妮很感动，她收下婆婆的馈赠。这是老人家对她的一份歉意，一份谢意，还有一份期待。

元旦假期过后，任职处级副职的红头文件下来了，关系好的同事私底下都向燕妮道贺，她还是一如既往地低调。

临近春节，燕妮邀请已经升任司长的王秘书、袁主任一起到天海居小聚，大家聊起当年下乡调研的故事，大美女白天穿双球鞋跑来跑去协调服务，晚上提笔撰文，文武双全动静相宜，让部长赞赏不已，连连向秘书打听初稿笔者的来历，得知是年轻的小罗很是诧异，从格局战略、铿锵务实的落笔，字里行间怎么看都不像是女性执笔。袁主任带队去部长那里讨论材料，燕妮那精准如同复录机般的记忆力，对部长近期在各场合的讲话倒背如流，行业政策、资讯数据信手拈来，又一次让部长赞许不已，领导干部的记忆力原本超群，但像燕妮这样的水准应该是天赋。

王司长讲得眉飞色舞，袁主任在一旁哈哈大笑，大海亲自下厨炒菜，被袁主任拉进来一起吃喝聊天，这些事情燕妮本人也是第一次听说，两位领导和大海推杯换盏，笑说大海有福气，燕妮在机关工作多年，论模样才华都是数一数二的。

"当年我和大海结婚，部长怎么会知道呢？"

袁主任接过话，"周五下了班，我去机关理发室正好碰上部长，领导问我搞那么精神是要出席什么场合吗？我说明天是调研一处小罗结婚，我要当证婚人。没想到，部长当即从钱夹里拿出1000元，嘱托我包好，代他送上祝福。还一个劲说，这个小罗有才华要好好培养委以重任。是啊，哪个领导不爱惜人才呢。"

燕妮恍然大悟，原来这次升职……大海赶忙拉着媳妇端起酒杯给两位领导敬酒，感谢多年来的信任和提携。

晚餐后，大海把天海居自备的年货礼盒，酱排骨、笋干、泰国香米和一箱茅台酒放到两位领导车上。这个夜晚，燕妮对大海有了全新的认识，自己的爱人不再是当年那个憨实的厨师，场合上礼数周全，俨然是有身份的人了。结婚多年，小两口都褪去了一身稚气，历练得成熟练达，两人的落差渐渐填平，愈发般配了。

/ 17 /

人生天地间，有如白驹过隙。五年后，罗燕妮升任调研一处处长，这一年她年满35岁，是机关最年轻的正处级实职，在排资论辈的大机关，这是走得最顺的，步步都踏上了。大学毕业十二年，燕妮一步一个脚印，没有丝毫跑跳逾越，她直接服务了两任部长，俨然成为所在部委领导人的智囊外脑。这期间，燕妮就读北京大学国际金融专业在职研究生，获得硕士学位。前些年，她在机关的绰号是第一美女，近些年，这个称谓已经替换为第一才女。远远看去，她的体型依然苗条，眉宇间还是英气澄莹，与初出茅庐时变化不大。仔细打量，眼角已经有了风霜细纹，淡青色阴影始终在眼下停留，这是岁月留痕，也是长期从事文字工作，伏案熬夜落下的职业印记。

　　天海居陆续在市区和郊县开设十几家分店，年营收超亿元，成为京城餐饮市场的知名品牌。小两口事业顺心，家庭和美。燕妮35岁生日时，焦大海在顺义购置了一套独栋别墅，作为妻子的生日礼物。别墅按照燕妮的喜好装修成简欧风格，她日常开着一辆蓝色奥迪TT跑车上下班，每天被同事们羡慕的眼光追随着。是啊，当年下嫁焦大海，还惹出不少议论，看起来挺聪明的姑娘一定是被人骗了。如今看来，这位罗处长才是远见卓识，她和她的家庭，是改革开放市场化红利的受益者。夫妻俩一个走仕途一个经商，结结实实地比翼齐飞。

　　姥爷姥姥每天接送喜宝上下学，辅导他学习。这孩子模样像妈妈眉清目秀，脑瓜聪明学习倍儿棒。卢琳已经退休，罗教授还带着研究生，老两口对女儿女婿很满意，家里全套进口电器都是大海给添置的，假日还会带着他们出国旅行。卢琳和先生闲聊偶尔提起孟昕，当年大海与小昕的条件没法比，现如今的状况就不同了，虽然没有小昕家里的高干背景，女儿凭借个人努力仕途依然走得顺当，夫妻感情稳定，仅凭这一点，大海就深得老人欢心。是啊，河西河东，风水总是轮流转。

　　生活看似按部就班，六月末，单位选派罗燕妮去中央党校轮训三个月。海淀西山麓，皇家园林旁，这个位于大有庄100号的神秘院落，是真理标准大讨论的发端，也是我党执政的思想源。中央党校最核心和权威的部门是培训部，下设三个培训项目，县委书记培训班、中青年干部培训班和省部级领导干部培训班。当然，以罗处长的行政级别是没有资格在三个主体项目进修的，她上的是中央国家机关处级干部轮训班，培训内容是马克思主义中国化与中国经济现代化，培训是全封闭的方式，每周六可回家休息一天，周日要按时返校。

　　周日下午，燕妮收拾好衣物洗漱用品去学校报到。这里是体制内干部梦寐以求的学府，校园内一栋栋楼房整齐排列，高树与低树俯仰生姿，中央大片人工水域——掠雁湖一派生机盎然，清凌凌的湖水独特而静美，湖面如镜，不时映出鸟儿掠过湖面的倒影。燕妮顶着烈日在校园里转了一圈，然后走进档案馆办理入学手续，领了学员登记表，填写好班级、姓名，买了300元饭卡，交了图书馆押金100元，房门钥匙押金100元，订阅一份《学习时报》，杂务办理完，从车里取了行李回到十二号楼，宿舍是标准间，每个学员一间，有独立卫浴，配备电视、固话、沙发、衣橱、书桌书柜，拉上宽大厚重的窗帘，房间内即刻安静了。

　　燕妮坐到书桌旁，想想入学通知中讲到的两个转换：要把理论转化为品质，把知识转化为才干。两个要求：政治上坚定，实践中管用。三个转变：从工作转变到学习，从领导转变到学员，从家庭转变到集体。校园中浓厚的学术氛围，让她格外珍惜这次轮训学习的机会，也让一向偏爱理论学习的她倍感压力。这位班里最年轻的学员，暗自下了决心，一定要在这次课堂角逐中拿出最优异的成绩，不负使命。

　　这一期轮训班有30人，男生占去一多半，女生一只手就能数得过来，从另一个角度看，体制内还是男性权威占据主导地位。有句形容官场权力配置的套话，"国家利益部门化，部门利益个人化……"省部级领导干部是真正意义上的政治家，这个群体人数不多，他们基本掌握了所在领域的宏观走势与政策方向，任职流动性也较大。而部门权益则大多下放在司局级甚至处级干部手中，所谓官不如管，这部分负责"管"的干部，看上去级别不高，却可以在一个部门从黑发干到白头，在某个实权部门统领几十年。

　　周一的清晨一定是匆忙的，燕妮昨夜看书睡得迟了，眼睛睁开已是七点十分，匆匆洗漱后去食堂打卡吃早点，被班级联络员叫去和新同学围坐，一顿饭的工夫，同学们相识互动好不热闹，处级干部大多年富力强身处职场上升通道，学劲足干劲足，人际交往的劲头更足。

　　入学第一周大多是政法部的理论课，赵老师《政治法制改革的重点和难点》深邃经典，除去教学内容，他还给同学们开书单，萨托利的《民主新论》，科塞的《社会冲突的功能》，亨·廷顿的《改革社会中的政治秩序》，帕森斯的《社会行动的结构》，燕妮都有买来细细品读，而老师本人的著作《比较政治学—后发展国家视角》，她则视若珍宝手不释卷。本科就读中文系为她带来细腻流畅的文笔，后面进修国际金融专业，知识结构更趋完善，长期潜心文字工作能够沉下心思考，不论学习涉猎的广度还是思辨的深度，燕妮都有过人之处。入学第二周，经济部姚老师讲授《我国经济发展战略和当前经济政策》，她已在同学中崭露头角，课程小结论文拿到班级唯一的优+，被老师推荐公开发表。

　　入学时间长了彼此熟悉了，同学们会在课余时间找燕妮交流，向她借阅书籍讨教听课笔记，这位看起来充满魅力的女生是真正的实力派，就如她常常自嘲的那样，"我没什么本事，是个靠文字上位的"。班级联络员也很器重她，委派她担任学习委员，她的作业和论文常常在同学中传阅学习。集体活动燕妮也很活跃，个人出钱又出力，短暂的校园时光，燕妮在各路同学中结下好人缘，后来班级每一次小聚，都是安排在天海居，她和大海招待同学们。

18

　　不知不觉进入九月中旬，掠雁湖面的荷叶已渐枯萎，野鸭在湖中悠闲游动，带来稍许秋意。阳光依旧灿烂如金，蓝天洁净如洗，天气早晚凉爽宜人，燕妮每天穿梭在校园，安享这份世外桃源般的静谧。为期三个月的轮训还有一周就结束了，课业进入收尾阶段，课时安排相对减少了，每天只有半天课，下午可以与同学们结伴打球运动，或是躲在宿舍里看看闲书写写文章，好不惬意。

　　周三中午，课程结束后很多同学午餐前就离校了，外出访亲会友、逛街游玩，但燕妮还是坚持在食堂打卡用餐，她有午休习惯，吃完饭要小睡一会儿。还有一个较特殊的原因，每周三食堂特色小吃供应牛肉拉面，大厨是西北人，拉面做得地道，毛细的手工面配上高汤白萝卜和牛肉片，再加一勺子辣油，她喜爱吃这口，每次要上一大碗。

燕妮捧着碗热腾腾的牛肉面往餐桌方向走，听到有人在一旁喊她的名字，师生大多称呼她小罗或是罗处，很少有人直呼其名，燕妮转身望去，不远处一个高大魁伟的中年男子，皮肤黝黑泛着红光，一看就是高原地区长期生活的烙印。短暂的对视后，燕妮笑着转身走向餐桌，中年男子端着餐盘紧随几步，坐在她的身边。

"高伟，怎么会这么巧啊，真是相约莫若偶遇。"

"怎么不说有缘千里来相会呢？"

"哈哈哈，是啊，我们真是有缘，这周六我就离校了，轮训结束了。这个节骨眼上'相会'，真不容易。"

"这么多年不见，你还是这么漂亮。只是性格变了，比从前健谈许多。"

"哈哈哈，大领导，罗燕妮已经不再年轻，不是当年调研室的小姑娘啦。"

"哪有，你还是那么漂亮，魅力十足。"

"嘴甜。"

燕妮扫了一眼李高伟的胸卡，一年制中青年干部培训班第二十二期，两年多没联系，他可升得真快。天哪，只比自己年长三岁，那他……可真是前途无量。

是的，入选中青班的都是厅局级干部，由中央组织部在全国范围内调配遴选，而且一年制中青班是跨向副部级的必修课。

李高伟看出燕妮脸上的细微变化。

"你知道的，老少边穷地区缺干部，这次人事调整，我能任职地市主要领导职务，也是组织上的关怀和信任，我那点墨水瞒不了你，就是机会好走得比较顺。"

燕妮埋头吃着那碗面，对方话音一落，她起身走了。

李高伟有点莫名，心里暗自揣测，是不是自己哪句话说错了？

过了几分钟，燕妮回来了。她手里端了一大碗牛肉拉面，送到李高伟面前，拿起手边的资料薄对着牛肉面快速扇了几下风。"高伟，有点烫，你慢点吃。"

男子汉一时语塞，有些难为情地看看燕妮。

这就是他深爱的女人，一举一动都是那么与众不同。上天给了她美貌，又赋予她智慧和善良，让人怎么能够忘记，又如何释怀？

"大海厨艺那么好，这碗面你还是吃不够。记得当年在机关食堂，你就爱吃这口。"

"我家大海不会拉面，他是淮扬菜厨师。"

"我知道他是淮扬菜厨师，没有这一手，能追上你吗？"

燕妮抬起头，嗔怨地看了他一眼。

"你这话是什么意思，好像我就是为了吃一口狮子头才嫁给他的。"

"别误会，恕我口拙。当年你是我们心中的女神，谁也不敢高攀，刚到调研室时，跟你说句话都会脸红心跳的。"

"那现在呢，看你调侃起来真是自如极了。李书记就是李书记，水平不一般。"

"燕妮，今天能在这里遇见，我特别开心，咱都快吃面吧，面凉了。"

吃完面，李高伟约上燕妮一起在校园里面遛弯。燕妮才了解这些年他的发展情况，十几年的支边生涯还是非常了不起。

"真的没有什么，果洛本地的干部，在藏区一干就是一辈子，没有升职空间，几十年如一日踏踏实实工作，他们才是了不起。"

燕妮点头称是。

"你这十几年也是靠实力打拼出来的，各级机关开始公推公选，你人缘好，民主推荐没有问题，公选嘛，简直就是正中下怀，谁能考得过你一支笔。"

燕妮笑得意味深长。

"高伟，说说你爱人和孩子的情况。"

"她是土生土长的藏族姑娘，县医院的护士，有一次我下乡吃坏了肚子，急性肠胃炎，去县医院治疗正好遇上她。后来，我们就结了婚，有了女儿。现在，她调到省人民医院工作了。"

"很般配。"

李高伟露出一丝不易察觉的苦笑，"是很般配"。

"燕妮你最近读了什么书，开个书单给我好吗？你的学习能力让人钦佩，一直是我赶超的对象。只是……"

"只是什么？"

"一直在追赶，从来未超越。"

湖畔留下两人爽朗的笑声。

燕妮结束了学习，返回工作岗位。

李高伟每天晨读结束后，会独自在掠雁湖畔散步，繁重的课业占据了他大部分时间，也只有此时他可以在压抑与隐忍中叩开自己紧闭的心门，尽情地思念近在咫尺的心上人，尽管这是一场永远没有回馈的单思。十年前，当火车开动的时刻，他单纯地认为随着时间推移，自己终会淡忘。他会时常想起苏格拉底的名句，"单恋是最高尚最富道德情操的一种爱恋形式，愿意为了对方最微小的幸福而付出最大的代价，愿意牺牲一切去完成对方的心愿。默默守护，正如凡人看不见摸不着的守护天使。"

看到燕妮离校时交到自己手上的书单、书和读书笔记，一行行隽秀的小楷，一篇篇针砭时弊的读书心得，一段段记录学习生活的清新短文，如果说文以寄情、文以怡情，那么她的文字不偏不倚每每击中自己，让读者的一颗心共鸣跃动，这应该不是多巴胺的作用力，医学上讲，异性间催情的多巴胺激素在单一个体上最多维系停留24个月，而这位可爱的女性住进自己的心里已经十年了。

也许是暂时远离繁忙的工作岗位，回归到校园的宁静致远，才会令人浮想联翩、思绪万千。一场场秋雨，淅淅沥沥打在身上，也落在心里，这条情感的路径越走越清晰。是啊，一个人苦行僧似的创业奋斗多年，到底是为了什么？年纪尚轻仕途畅达似乎此生已无憾，心中仅有的隐忧就是罗燕妮，她是自己成年后唯一爱过的女人，至今依然深爱。

燕妮走时，除书和笔记还留下一大包松子，起初他不明白这松子是什么用处，后来才懂了，这是她在校园里喂食小松鼠用的。圣诞临近，雪花纷至。校园的雪地上，留下同学们踏雪晨练的痕迹。雪松上穿行的大尾巴松鼠，一个个摇头晃脑放慢了脚步，李高伟在校园的密林里投喂松子，默默地站在不远处观看，小可爱们吃得香喷喷。

"小松鼠，快些吃吧，不要谢我，要谢就谢你们的仙女姐姐。"

在大都市过圣诞节已渐成时尚，在青海生活多年，李高伟所在的小城还没有什么圣诞氛围。但每一年的这天，他都会记得，圣诞节当天中午，会给远在首都的燕妮发去生日祝福，简短的几行小诗，或是一句诚挚的祝福，燕妮从来只回复几个字："谢谢，同乐。"这一年的圣诞生日，因为两人同处一个城市，李高伟想用一种特别的方式送上祝福，他用时整晚手写撰文一篇表述真情。

十年的思念诉诸笔端，才子笔底烟霞行云流水，洋洋洒洒写下两千字。两位在校期间同是文科高才生，毕业后相逢相知、同事同行，这是一封特殊的情书，迟到若干年，谁又能解读情表？他没有署名，相信凭借燕妮的聪慧，从行文的风格，一定可以识出笔者的身份。

信寄出去了，圣诞生日这天，李高伟一颗心忐忑不安，握着手机从早看到晚，却始终没有收到燕妮的回复。

几天后的元旦假期，本地学员回家团圆了，外地学员围炉夜话、举杯相聚。晚上8点，李高伟回到宿舍，发现手机里静静地躺着一条信息，"明日晚7时，Justine's见面。"是燕妮发来的。

Justine's，杰斯汀饭店，是一间京城著名法餐厅。当年小李离京挂职，临行前燕妮请他和余大姐在这里用餐送行。

第二天下午结束课程，李高伟乘车前往位于建国门的这间西餐厅，七时整，他一身笔挺正装走进餐厅，燕妮在大厅一个相对僻静的位置等候，点了两个Kobe"黄油刀"牛排套餐，看样子女士是饿了，大快朵颐。男士有点尴尬，但表面上仍然波澜不惊。吃完牛排，燕妮嫣然一笑开口破冰。

"信我收到了。"

"你看出是我？"

"嗯，这个文笔是熟悉的，我曾经那么认真地研习赏读。"

男士浅笑，有点难为情。多年的历练，什么样的场合都是底气十足，唯独在儿女情长的时刻，又被打回原形变身初出茅庐的小伙子。

"燕妮，不要误会，我没有想破坏你家庭生活的意思。"

"那你是什么意思，表达了这么多，让人心里感动又酸楚。今天约你见面，就是想敞开心扉谈谈。"

"我从来没有忘记过你的样子，素衣长发，你的高洁，你的才华。这一次在学校重逢，这份情感复燃而且更加浓烈了。"

"高伟，你要时刻提醒自己，你有妻子和女儿，是家庭的顶梁柱，家人以你为荣。"

"妻子是位善良的女人，但我们的婚姻是痛苦的。年届而立之年未娶，这在地方已经是个笑话。迫于压力，我才闪婚组建家庭。可……这么多年，我和她没有精神层面的交流，只是生活上的伴侣。"

"够了。"燕妮粗鲁地打断他。

李高伟的表情有些痛苦，他的脸更红了，不敢直视燕妮的眼睛。

"为官一任，造福一方。组织上对你委以重任，父老乡亲对你寄予期待，个人那点小情小爱太微不足道了。你我已不再年轻，混到今天的位置容易吗？我们还有资格为自己而活吗？大道理我不想讲，也讲不过你。我只跟你讲情，我们之间只能是友情。"

说到这里，燕妮已是热泪盈眶。

服务员把巧克力甜点送上，燕妮右手拿起小勺，舀起一口喂到对面的男士口中，深情地看了他最后一眼。起身穿上大衣，拿起手包快步离去。室外，她发动了自己那辆TT，给留在餐厅里的客人回复一条短信。

"高伟，我们都认命吧。"

燕妮开车回到家，已是夜里九点了，看到大海在客厅看电视，喜宝在书房挑灯夜读，心里愈发感慨，这是个多么幸福安康的三口之家，一定要珍惜。

/19/

余秀华在诗里说："我也有过欲望的盛年，有过身心俱裂的夜晚。"

罗燕妮四十岁了，任职办公厅副巡视员，副厅级。儿子喜宝十二岁，在清华附中初中一年级就读，爱人焦大海经营着京城著名餐饮连锁品牌天海居，一家人住在400平方米的独栋别墅，老人健康硬朗，一个中年女人的生活看似完满。

中央和国家机关选派厅局级干部援藏工作开始了，燕妮所在部委有两个名额，挂职期三年，组织部公开遴选的通知下发一周后，办公厅杨主任、刘副主任和罗巡视员参加了干部援藏工作动员会，这一年的政策倾斜于年轻干部，原则上业务部门出一人，综合协调部门出一人，目标聚焦，全机关最年轻的厅局级干部是办公厅副巡视员罗燕妮。不出所料，组织部吴部长在动员会后找到燕妮谈话，此次援藏工作任务繁重，希望她可以在年轻干部中带个好头，考虑一下主动请缨，燕妮默许了，对组织和领导的信任表态感谢。

开车回家的路上，她心情略有沉重，明白爱人得知后消息后的雷霆万钧，现如今的焦大海已经不复当初，年富力强正值事业鼎盛期，天海居直营加盟两种经营模式，年营收非常可观，他还担任了市工商联餐饮协会会长职务，在京城政商两界有着广泛人脉。婚后两人共度的十几年光阴，前面和美、后面和睦。家庭经济建设的重任落在先生身上，近些年，燕妮在家里的话越来越少，她对大海说得最多的一句："都听你的"。爱人每天在外应酬到很晚才回家，大多时间都是燕妮陪着儿子喜宝温习功课，喜宝做完作业玩一会游戏上床睡觉，燕妮一个人捧着书看到深夜，有时就在沙发上迷糊着了，等到先生回家把她叫醒，洗洗回房休息，当然是各回各的卧室。

昂贵的雅马哈三角钢琴已经很久不弹奏了，琴盖上轻落薄灰，母亲卢琳每个周末来家里做客会仔细擦拭，感慨人到中年的女儿彻底落没凡间接了地气。好在，她的身姿依然窈窕，腰背还是挺拔绷直的，这是小时候接受严苛的芭蕾专业训练留下的痕迹，岁月无情优雅亦在。梳妆台上满满的十几瓶La prairie抗衰系列产品，都是大海为她买来的，燕妮懒得去美容院保养，在家里随意涂涂就过去了。

她还是喜爱读书，尤其是政治学理论和金融资讯，家里除房产若干，存款大多换成美元用于投资，她本身对炒股票没有太多兴趣，因工作便利得到内部消息操作过几次，后面因股票账户列入干部财产申报较为敏感，干脆就把账户注销了。这样的家庭状况，需要花多少钱呢，足够用了。燕妮饮食很节制，一日两餐素食，周末带父母和儿子去西餐馆吃顿牛排，偶尔先生在家里下厨烧餐淮扬菜。她爱清静，外面的应酬很少参加，每周运动打两次网球，美艳和高冷还在，脸上多了领导干部应有的沉稳和城府。

夫妻生活每周一次，都是大海来她的卧室，她的嗓音还似少女般娇弱，永远是温情脉脉，夫妻间若即若离的微妙感，让爱人舒服受用。一次做爱后两人聊天，大海问她，"机关工作忙，可你的生活规律雷打不动，别的女人在家里都唠唠叨叨的，想控制男人的一切，你怎么就不一样呢？"

燕妮枕着先生的臂弯，淡淡地说，"那样只会让人反感，女性的魅力永远在神秘，什么都说出来就没意思了。20岁、30岁攻气十足，40岁以后攻防转换，现在我是守势，守着家守着业守着你。我们眼下的状况，已经远远超出了我对生活的预期，此生无憾，唯一的希望就是喜宝要好好读书，两家老人身体康健。"先生接着逗她，"那你就不怕外面的小姑娘热情，把我拐带走了？""不怕，只要你开心就好。"大海紧紧搂住妻子，心里还是那么稀罕她。

当燕妮把援藏三年的消息告知家人，局面是可想而知的。几个回合的交流，妻子毋庸置疑的面色口吻，让大海痛哭流涕。

"妮，咱辞职不干了行吗？我养着你行吗？这么大个机关，多少爷们儿都不去，非得一个女人去，领导他妈的还是人吗？"

"大海，我理解你的心情。"

"那都理解了，咱就不去了，行吗？明儿我去找部领导，咱不干了。"

"你冷静一点好吗？我是部里最年轻的司局级干部，这一路怎么走过来的你都看在眼里，组织上对我一直挺认可的，哪一次升职提拔也没耽误过，得到的太多了，这是我欠的，该还。"

"那我呢，你不要我，总要为喜宝想想吧，他才刚上初一，学业的关键时刻，你就忍心抛下我们爷俩不管吗？还有，爸爸妈妈年纪大了，你说走就走，总要征求一下老人的意见吧。"

"不要再说了，这件事情已经定了，下个月喜宝过完生日就启程。我会尽可能争取留在拉萨工作，区直机关生活条件会好一些。大海你放心吧，我小时候……"

"你小时候是运动员，是清华附中网球队的主力运动员，燕妮，我求求你了，你都四十岁了，海拔那么高的藏区，谁来照顾你呢？从小娇生惯养长大的，我能放心吗？明天就找爸妈说理去，我没文化劝不了你，爸爸是大学教授，他老人家能说服你。"大海带着哭腔，反反复复地念叨。

燕妮走过去，从背后紧紧地抱住大海，下巴轻放在他的肩上。

大海一周没有理燕妮。结婚多年，两人从来没有拌过嘴红过脸，他把妻子捧在手心含在嘴里，妻子也充分尊重他，这些年家里家外大小事情都是他拿主意。人穷志短，大海在人情往来中一直弱势，后面娶了仙女回家，事业升腾顺达，如今手里的钱下辈子也花不完，一大家子都跟着他享福，唯独自己深爱的妻子要离乡背井去受苦，不是他不能理解，刚结婚时条件不好，要靠着燕妮混出头，可以现在的经济境况完全可以养着她，种花养草、运动美容、全世界旅游，怎么高兴怎么来。

冷战结束源自一条短信息，是岳母卢琳发来的。"大海：让她去吧。从小到大，这丫头主意正，决定的事情谁也拦不住。当年你们结婚，天大的事先斩后奏，我和爸爸也只能默许了。"看完信息，大海的视线彻底模糊了。是啊，妻子罗燕妮是拥有大智慧的女人，相信她可以把很多困难处理得当。当晚，大海推掉应酬，去学校接了喜宝回家，下厨给娘俩烧菜，高脚的法式青花瓷盘盛了豆瓣苋菜，撒上细碎的白芝麻，一道传统的清汤狮子头，焗蜗牛。燕妮回到家，什么也不问，只举杯感激爱人包容。

一个月后，罗燕妮任职办公厅副主任的红头文件印发，随之而来的是她和财政司副司长齐见民一同派往西藏工作，她挂职林芝地区副区长。

临出发前一天午后，同事为罗主任送来一张邮局汇款单和一件快递。汇款单有3万元，快递打开是一个红色的首饰盒，打开盒子是一条黄金项链，短信上几行稚拙的钢笔字，"燕妮你好！我是彩云，多年不见了，很想念你。当年分别时，你鼓励我在村里开个小卖部营生，如今小卖部已经发展成县城的超市，生意不错日子好过了，把这3万元还给你。在我的心里，你是世界上最善良的女人，谢谢你在我们娘俩困难时出手相助，女儿的生父去世多年，今年春天我终于有勇气向前走了一步，男人是个货车司机，待我很好。项链是一点心意，我在省城百货大楼专门为你选的，坠子是枚如意，祝你和大海的生活永远如意，我们都要幸福下去。"

燕妮小心捧着首饰盒，一个人静静地坐在那里凝视了很久，平静的心中流淌着一份感动，两个女人远隔千里，但此刻的心是在一起的，命运总是会垂青自强不息的女人。

赶去机场的路上，大海开车，燕妮一路安抚家人，"喜宝，不要担心妈妈，林芝地区依山傍水、气候温润，那里是西藏的江南，三年以后回到北京，妈妈只会变得更年轻更漂亮。"

喜宝一路不讲话，他只专注于爸爸颇为严肃的面色。"妈，我知道，林芝还有世界上最深的雅鲁藏布江大峡谷，你放心去，我帮你照顾好外公外婆和奶奶，看好爸爸。"

大海听后笑起来，"臭小子，养不熟啊，还是跟你妈最亲。"

"爸，罗燕妮这样集美貌与才华于一身的女子，你要懂得珍惜。"

后座上的妈妈哈哈大笑，都说夫妻间有七年之痒，可自己这一家三口只有默契和甜蜜。

"亲爱的儿子，爸爸有自知之明，我老婆是万里挑一的大美人、大才女、大领导。罗主任，您放手工作不要想家，如果想吃狮子头就吱一声，我贴上去探亲做给您吃。"

"焦老板开什么玩笑呢，我芝麻大点的官，下半辈子还要靠您养活呢。欢迎来林芝做客探亲。"

/20/

次日抵达拉萨，燕妮在区委组织部报到后，参加为期两周挂职干部短训班，短训结束前，她写下了小诗寄托对亲人的思念。事业上的雄心壮志，最终都逃脱不了亲情的反噬。

儿子，儿子
当拉萨街道上转经的人越来越多的时候
黄叶飘满了街道
布达拉宫像幅新作的油画
寒风地面观察站冰凉的气息
刺入孤独的歌喉
当寒冬来到心的深处的时候
我生命中的儿子在遥远的地方孤独
无数的云朵似在我的心翻卷
不知拉萨河会不会有我暗夜里流泪的思念
儿子才刚刚过完十三岁的生日
我就在他生日的烛光中告诉我要远行的消息
他不敢相信我的决定
清澈的眼睛里堆满了疑问
离开他的那个早上
我们一起去往机场

他凝望着车窗外的初秋

脸色有些枯黄

苍白的小脸上没有了我常见的稚气

我第一次见他这么沉默

沉默得让我的黎明开始变黑

我让我所有的泪水一起下沉

脸上向他灿烂地笑着

想为他增加一点离别时的温度

……

罗区长分管市卫生局、民政局、民族宗教事务局、联系残疾人联合会、妇女联合会，协助招商引资、经济开发区建设工作。第一次离家这么远，说不惦念是假的。伴随着藏区稀薄的空气，工作节奏自然会慢下来，许多援藏干部起初会不适应，安排部署下去的工作，像远在天际的星星看得见摸不着，时常让人窝火着急。进入藏区后，她换了一部华为3G智能手机，优势是通话信号稳定，可以确保网络信息安全。休息时，她常用这部手机与爱人和儿子视频聊天，现代通信技术和互联网的应用发展，让远隔万里的亲人互联互通时刻得以相见。周末在公寓看书做家务时，她也会开着手机直播，大海关注妻子在异地的生活，看看视频才能心安。

燕妮显然对挂职生活比较适应，体制内工作看似细分繁杂，实际都是相似的套路，谨遵民主集中的组织原则，该管的管该说的才说，一切化繁为简只做好分内事，这么多年她早已游刃有余。每一个午后，如果没有会议或下乡外出，燕妮习惯在办公室批阅文件，办公室里放着最新款意大利德龙胶囊咖啡机，是大海从北京寄来的，每天沏泡一杯蓝山黑咖啡，浓香的味道含在口中，唇齿间弥散出温暖安定的情绪，感受一份结结实实的亲情。

随着剧情的发展，貌似平静的生活往往是被一个电话打破，周一下午班子成员例会，罗区长接到一个来自北京的长途后，疾步走出小会议室，随后她找秘书小李预订了当晚回京机票，向区委书记写了书面请假报告，以最快的速度返回宿舍收拾行李。四月的林芝天气晴朗舒适，室外十几度不冷不热，燕妮的额头沁出一层细密的汗珠，小李服务她两年多时间，从来没有见过领导如此慌乱，步伐还是轻盈稳健，可眼神明显飘忽了，脸色煞白。

飞机经转成都，抵达首都T3航站楼已是晚10时，小叔子焦明远开车来接嫂子，燕妮此刻已是归心似箭。一见面便问，"你哥怎么样了？"

"昨天下午的手术，24小时观察期，已经脱离了危险。嫂子您别急，哥是吉人自有天相，昨天中午在妈家吃完饭突然昏倒的，幸好我们哥几个都在家，把他送进安贞医院，医生说急性心梗两小时以里是黄金抢救期，没有耽搁不会落下后遗症。"

燕妮沉默了，她紧抿着嘴唇眼泪唰唰落下。"明远，都是我不好，没有照顾好大海，我这个妻子太不称职了。"

嫂子带着哭腔，焦明远急忙安抚。"您可别这样，我哥已经没事了，医生说，中年冠心病现在是高发，跟您一点责任也没有，他管着这么大摊事给累的，再说，平时啥都吃也没注意饮食清淡。"

"明远，你好好开车吧，我们直接去医院。"

手术很成功，病床上的大海正在酣睡，燕妮和衣在陪护的小床躺下，这样爱人醒来第一眼就能看到她。

次日清晨，大海醒来时，窗前一个高挑的背影，窗外一派春风绿意。"燕妮，你头发剪短了？"

"醒啦。"她走向床边坐下来，一只手紧紧握住爱人的手。

"长发飘逸，短发优雅，你怎么打扮都好看。"

她不讲话，只用纤弱的手指缠住那只大手，就像当年她初次表白追求他一样。

　　大海需要住院观察两周，于是这些日子燕妮什么事情也不做，就是两人一起用餐看剧，推着轮椅陪着他在小花园里散步。

　　"燕妮，有件事情一直藏在心里，可能我不该问。经历这场生死什么事都看开了，心里唯一放不下的是你和喜宝。"

　　"你问吧，我一定如实回答。"

　　"这么多年，你对李高伟是有感情的，对吗？"

　　这句话迎来的一定只有沉默。

　　"你走后，我在家里找东西，偶然看到那封信。虽然没有具名，从时间上看出应该是他写的。如果收信的人没有感觉，恐怕早就把它处理掉了……"

　　"大海，我答应过你实话实说的。嗯，日子过了这么多年，如今到了这样的年纪早已彻悟。人生来是讲运气的，因缘际会，这辈子做什么职业、与谁搭伙生活是上天注定的。如果论女人的情感归属，我已拿到满分，当年嫁给你绝不是一时冲动，你给了我最想要的安全感。如果说起异性间的倾慕，坦白讲我与李高伟之间是有的，这算是一种惺惺相惜吧。一起共事，我常常为他的才华与勤奋所感动。但是，又能怎样呢？我只有权力爱你爱喜宝，至于其他的都是幻象。时至今日，高伟已经升任省部级，爱情与面包相比是多么微不足道，我们都是爱惜羽毛的人。"

　　大海感激妻子的坦诚，十几年的婚姻生活，这颗心没有一天游移过，始终踏实安放在罗燕妮的身上，穷的时候是，如今更是，不想说出"珍惜"两字，他心里只有"满足"，这样的女人值得他爱一辈子。他紧紧地握住燕妮的手，闭上眼睛把头埋进爱人怀里。燕妮轻抚着他的头发，第一次感觉大海脆弱得像个孩子。

　　次日清晨，燕妮来到组织部吴部长办公室，齐耳短发、利落的白衬衣黑色西裤，手里拎着一个深咖色公文包。部长给她沏茶，关切地询问爱人的病情。燕妮言辞恳切却开门见山。"吴部长您工作忙，我不能耽搁太多时间，这一次来机关主要是拜访您，想请领导帮忙协调，这是我的请调报告，请求组织批准我提前结束挂职工作，回到北京。"

吴部长看着眼前的请调报告，语重心长。"罗主任，你可一定要考虑清楚了，部里响应中央对口扶贫工作下派了三批挂职干部，要求提前结束的情况还没有出现过，当然了，你的家庭情况很特殊。但是，从一位党内老同志的角度，我要劝你慎重，还有五个月，为期三年的援藏工作就要全面结束了，你是国家机关唯一派出的女性领导干部，是中央组织部树立的典型。你参加工作二十年了，也是部里的老同志了，能不能克服一下困难，再坚持一下？你的家庭经济情况还是比较优越的，爱人已经脱离危险，还是回去跟家人商量一下想想办法。"

罗燕妮脸上没有表情，谈话的局面就这样僵持着，共事多年，吴部长一向认定她有着高超的政治智慧，可眼下的情况棘手了，他起身把门关上，一个人在屋里踱着方步。

"小罗，还有五个月，实话实说，组织上把你回京的位置都安排好了，升一级是肯定的。你闹这么一出，情况就不好说了，到时候一定会有人挑理，说你挂职工作没有完整履职。如果换其他同志，我不会这么劝的。多少人盯着你，一个女干部，援藏回来就安排到业务部门负责，还是一步到位的实职。啰唆这么多，决定权还是要交给你，这个仕途怎么走，给你两天时间考虑，自己来决定。"

两天后，吴部长的手机收到信息，"感谢组织和领导信任，我决定提前结束挂职工作返京，爱人的病情虽然已经稳定，但是他需要我的陪伴和照料，对于一个中年女性而言，事业与家庭同等重要，请理解并支持。"两周后，审批流程走完，罗燕妮提前结束在西藏林芝地区挂职工作，回京另有任用。

小罗、罗秘书、罗处、罗巡视员、罗主任、罗区长、罗秘书长，二十年来罗燕妮在工作和社交场合的称呼不断变化着，而她始终保持着初心，淡泊宁静。果不其然，因个人原因提前结束挂职，她的仕途升迁受到影响，回京后被调配到机关直属单位任职，搬离了熟悉的机关大院，肩头的责任轻了，工作节奏慢下来，可以有大把时间陪伴家人，她又恢复了观影看剧的喜好，家里传出久违的琴声，唯美娴熟的旋律，古典曲目间或夹杂着流行乐，如果不见琴主本人，听者一定会认为演奏者是位俏皮的小姑娘。

大海身体几乎痊愈了，谨遵医嘱大多时间在家静养，饭店的生意请了职业经理人照看，妻子劝说他把生意转让出手，他还没想通，这么多年的心血，况且流水还不错转出去舍不得。当然，大海心里明白，很快他会迎来一次生动的思想政治课，老师自然是妻子罗燕妮，别看她平日里言语不多，但凡拿定了主意得了结论，任凭谁也拦不住的，如今她要顾虑丈夫的感受，找个恰当的时机而已。大多时候，大海是多么渴望妻子回到年轻时的性情，同样是情商高办事到位，那时她会撒娇，急了会抱着他打他咬他，可如今妻子的脸上永远挂着一副不温不火、波澜不惊的神态，心地依旧纯良只是城府太深了。唉，人家好歹是厅局级干部，不是普通的女人。

某个黄昏，晚餐后，两人一起在小区里散步。

"冰敬、炭敬、年敬、节敬、喜敬、部敬，晚清多少官场陋习，这些贿赂官场的别称，从不提到"钱""财"二字，丝毫无铜臭之气，又兼有体贴入微之意。三节两寿、谋缺补差都要送礼。单拎出"冰敬""炭敬"来说，沿袭至今，是官商人际间不断注资加温的过程，是谓潜规则……"

"燕妮，我们是夫妻，有什么话你可以直接说。"

"那好，我直言不讳。这些年高端餐饮鼎盛一时，然而盛极必衰，职务消费与权力寻租一定会有所善治收敛，这只是时间的问题。等到行业萧条期真的来了，再想出手卖个好价钱就难了。再者，赚得再多也要有个好身体来享用，不是吗？"

大海心里挺别扭的，他认同妻子的判断大概率正确，这么多年关于事业发展和家庭建设，她拿得主意就没有错过，可自己这个弯还是需要有时间来转，即便如此，他还是保留意见即刻执行，天海居十几家连锁店转手卖给了某餐饮集团。大海彻底闲适下来，他没有其他喜好，如果不外出参加社会活动，每天会去菜市场转转，晚上为家人下厨烧菜，儿子喜宝在清华附中读高一，正是长身体的时候。燕妮偶尔有应酬也会带上他，闲暇时两人在小区散步打球，小日子又回到新婚的时光。

一次短途差旅后，大海去机场接燕妮回家。路上他说，"家里有你一个快递大件，青海来的，写着贵重物品，我没拆开。"

"好，我知道了，回去看看。"

别墅客厅里，大海麻利地把木架包装拆掉，里面严严实实包了几层，一通忙活后，一幅加措活佛唐卡出现在眼前，燕妮的心瞬间有了异样跳动，面色绯红。

"山高水长、路途遥远，人家可能才知道我们的事情。妮儿，要回个信儿说声谢谢，他是省里领导，来北京出差机会多，得空来家里做客，我烧狮子头招待他。"

幸福在哪里

矛盾 虚伪 贪婪 欺骗 幻想 疑惑 简单 善变 好强 无奈 孤 脆弱 忍让 气愤 复杂 讨厌 嫉妒 阴险 争夺 埋怨 自私 无聊 变态 冒险 好色 善良 博爱 诡辩 能说 空虚 真诚 金钱…… 哦 我的天 高级动物 地狱 天堂皆在人间……

还记得1994年香港红磡那场演唱会，穿着干净笔挺中山装的窦唯以《高级动物》开场，淡定冷冽地重复着"幸福在哪里"？歌词中如此众多的词汇，少了一个"幸福"。

工作多年，常常听到身边的女性朋友对各自的生活际遇多有抱怨，"公婆不行、父母不行、老公不行、孩子不行，领导不行、同事不行，老师不行、医生不行……"唯独没有"自己不行"。

写作这部中篇《烟火》笔者摒弃了三段式结构，通篇弱化戏剧冲突，读者将以观察者的视角，全方位品读女主为生活营造的幸福感，好牌、差牌，不论遇到怎样的牌局，燕妮一定能打出让人满意的结果。她身畔的每一个人，上下级、同僚、父母、公婆、爱人、孩子、亲朋好友、街坊邻居，皆因她对待生活的善意和大智慧，而结结实实地感受到幸福的滋味，每一个人与她相遇后都会变得越来越好。是的，幸福不仅仅是一份感知力，更需要我们有创造的能力，希望本文可以为中青年女性读者带去些许启迪。

上一篇《颜色》是有关"分裂与成长"，这次很单调，只探寻"幸福"的主题……

2018年7月15日　晚10时完稿

PART B

颜色

人这一辈子，

想认清自己不容易，

难的是自我清晰后，

又迎来对手的混沌。

爱情，

是一场势均力敌的较量……

初夏，北京。

睡眼惺忪间鼻腔内有一点痒，勉强睁开眼睛揉了揉，漆黑中朦胧透着一丝光亮，伸出手摸索枕边手机想看看时间，怎么也找不到。心里一阵紧，彻底醒了，头很痛昏沉沉的，空气里暗香浮动，不透气的鼻子对这款Miss Dior的香水味道特别敏感。身下软软的，我这是在哪里？

手机在地板上噗噗震动起来，黑暗中一小束光不安分的跳跃着，勉强起身下床，弯腰把这个小东西捡拾起，摁掉一个陌生手机来电，定睛一看，已经是上午10：10了。打开床灯，抬头瞥见对面梳妆镜里，一个修长精壮的男性裸体，除去头发有些素乱，略显黝黑的肤色，身体线条还是紧致漂亮的，这是常年运动的痕迹……与镜中的他对视10秒后，迷迷糊糊穿上衣服，"昨晚，跟谁睡的，睡了谁？"

手机又一阵震动，是微信语音，一个娇滴滴、黏糊糊的女声："宝贝，你醒了吗？我出门着急没有准备早餐，别生气啊，哈哈哈，你昨晚那么卖力一定饿坏了，起来自己下楼找点吃的吧，今晚我们继续……"

听着她轻浮的浪笑，轻轻叹口气，懒得说话，手机屏上留下两个鲜红的唇印发了过去。唉，我靠，微信开发这个图标，就是为了应付这事吗？

把"及时行乐"挂在嘴边的人很多，在排遣生活愁绪之时大声嚷嚷这四个字的人也不在少数，但相比之下，我把这四个字当成了人生座右铭。热衷派对，放浪形骸；白天睡觉，晚上在烟雾弥漫的地下酒吧里与丰满风骚的女人调情、喝得酩酊大醉；不指望这些女人多有趣，只希望被我压在身下时，她可以面露一丝清纯，办完事后，我可以真的有一点喜欢她。两个人偶尔对着手机暧昧调情可以稍稍显得真诚，不至于虚假到被自己嫌弃。

上一次恋爱是什么时候？太久远了。

法学院大二男生黎川被中文系大三女生韩雪追着跑，情书收到手软，一帧帧散发着茉莉花香味的便笺纸，看似漫不经心的手书楷体，字字组合起来，着实有省文科状元的气魄，这些个短文或古雅或朦胧或印象派，抑或是写着写着文风突变，漂亮利落的段子，不失含蓄优雅的隐喻，读完真是享受，给正值生理需求旺盛期的男生太多想象的空间，以至于后来看着温存后躺在我臂弯里的韩雪，抚摸着她瘦弱好似发育不完全的身体，我会异常清醒，确定是爱上她了？还是迷恋上这些文字阅读后的感觉？或许，只要我可以持续占有她的身体，就有独享这些文字的权利。

当我跟班里唯一要好的女同学小焕谈论起这个话题，她猝不及防打了我一耳光，当然是隔空打的。"黎川，你臭不要脸，都好了大半年了，还敢说不爱她，你们男生都是有病吧，得不到的才是香的，如今你嫌弃她是衣服上的白饭渣，没睡人家时，一定会说是床前一抹月光……"听到这里，我会低下头做认罪状，182的身高对着不足160的小焕，小鸡叨米似的赔不是承认错误，好像我是睡了她又始乱终弃了。这时我当然会记起韩雪的好，不管怎样，这个冰雪聪明的女生从来不跟我说这些废话，我不约她，她绝对不会主动call我，当然，基本每个周末我都坐二十几站地的公交车，从学校出来晃晃荡荡近一小时路程去找她约会。

刚交往时为了讨好韩雪，我会背上那把小有名气的大师的吉他，3万元人民币还是同学的机长哥哥从日本捎回来的，那个时期的吉他少年都在疯狂扒带，迷上了The Jimi Hendrix Experience乐队，这是继Cream后的又一支伟大的三人乐队，我非常崇拜主音吉他手兼主唱美国人Jimi Hendrix，他被滚石杂志选为"史上最伟大的100位吉他手"第一名。黎川的弹琴技法在北京的高校圈子是有名的，课余在人大带班教授吉他弹奏，收获了大批粉丝，听说我的女友在北大中文系，每个周末我都会去找她，很多北大学生想学吉他都会想辙接近韩雪，托她捎话给我，这算是为满足女友虚荣心做出的贡献吧，反正我从不招惹其他女生，不论多漂亮的，收到表达爱慕的讯息，也只回一条一样的：抱歉，你爱错人了，我有女友。

周末一见面，韩雪准是先接过我的书包和吉他，拿出准备好的零食塞到我手里，扬起下巴看着我一句话不说。"吃饱了好办事？是吗"我故意一脸邪魅挑逗她，韩雪圣女贞德似的脸色都不变，转身捧起大部头。20分钟后，我吃饱了，乖乖地走到她面前，双手轻轻一揽，抱起她扭身轻轻放在铺着新被褥的下铺，自顾自脱了衣服，她赤裸的身体已经全部陷进被子里面，省略了面对面的诱惑，有时会被她的肋骨咯得生疼，每每激情来临时我都会想：靠，下一个女朋友，一定要找个丰满的，越胖越好，会叫床的哪怕是装的。

可惜，韩雪没有给我这个机会。一直到大学毕业，我挑不出她任何错，听话乖巧，不爱花钱，逢年过节还总给我买礼物写情诗。除了性生活有点不满足，其他还算满意。我组了乐队后，她更是知趣，从来不主动联络我，我想她了可以随时来，办完事着急赶去排练来不及陪她吃饭聊天，她也二话不说好像从来不会抱怨，有时听乐队哥们吐槽女友难伺候，我还纳闷，难道韩雪属于女人之外的另外一个物种吗？我到底是爱她，还是爱她的温顺和才华？

20世纪末，家庭录像录影设备还没有普及，我有一个录像机是老爸在美国做访问学者期间带回的礼物，从高中起就是自己独居，很长一段时间家里成了各色人等相约看片的地方，我当然不允许他们看黄片，这里播放的大多是独立导演的禁片，属文艺范畴，女友是远近闻名的中文系才女，我在大家眼中必须走清纯路线。只是有一次，我想找碴，试试韩雪发怒的底线，从室友那里找来一个港产色情片，20岁的男人床上生猛，可下了床看不透的事情还太多。

骑着自行车把韩雪从学校带回家中，她喜欢来我独居的房子做客，说静谧有家的温馨。我却很少带她回来，不是不愿意是怕麻烦，学校在北郊家在万柳，一来一回路上要耽搁两个多小时，有这个时间我可以练练琴发发呆。如果哪天心血来潮想带她来一次，要提前通知那帮狐朋狗友把家收拾干净，这一天还得记得不能上门骚扰。所以这次我主动邀请她，韩雪很是满意。当我提议摒弃客厅软软的布艺沙发，一起坐在地毯上面看片时，她应允了并把束起的马尾辫轻轻地放下，瀑布般的长发瞬间倾泻在腰间，她主动走过来把头靠在我的肩上……

电视机屏幕上很快就出现了白皙丰腴的女体，伴随着有些夸张的喘息声，昏暗的室内荷尔蒙气息越发强劲，我的视线始终在韩雪那里，观察着她面部和身体的细微变化，除了微微发烫的两颊，她的眼神依然是冷的，羸弱的四肢很僵硬，好像在下意识抵抗什么，我的心里顿生出一股恨意……熟练的解开胸罩后面的搭扣，就势把她摁倒在地毯上，谁知却遭遇到极不情愿的抵抗，最后发展为两人在地毯上扭打起来，被我玩过多少次的女人我不怕她，但韩雪眼神中的肃杀气惊扰了我，勃起的阳具一下就像泄了气的皮球，放开她，"算了，我就一个问题，为什么每次做爱都不愿意我看到你的身体？"闻后，她以沉醉的姿态舒展了身体，紧闭了双眼后轻轻吐出两个字，"文盲"！

接下来，没什么好悬念的，韩雪给我上了一堂政治加历史课，从苏联克格勃培训女间谍讲起，与暗杀或策反对象的性爱交媾是一门必修课，关键的环节是要在床罩上而不是被罩下面做爱，这样提前安置的针孔摄像机可以清晰拍到全程。从苏联政体到克格勃运行机制，金发美女间谍如何选用轮训，二战期间与盟国的情报交流，从共产国际的诞生到与我们的红色政权的渊源，缓缓细说娓娓道来，我有一搭没一搭地听着，她确实聪明博学很可爱，什么也干扰不了她既定的步伐，少了同龄人对生活的新奇，多了几分成年人的事故和沉稳。

我们刚好上没多久，韩雪耍了个小花招，把恋情弄得两个学校尽人皆知，长辈眼中一个羞涩内向的男孩，就这样被她玩得团团转，我搞不懂韩雪到底是怎么想的，总有一种被阴谋控制的感觉。第一次两人关系的突破，就是带着这股恨意，借着酒劲把她带回家，趁没有防备，把她猛地推倒在沙发上，一手拉下她的方头巾盖住那张惊惧的脸，另一只手快速扯开连衣裙的扣子，揽住她的腰，用舌尖挑逗着，一片混乱推就中，两人同时从喉间发出低喊，无法自持的战栗感迅速涌上大脑后遍布全身……没有前戏和温柔抚慰，我们的初夜更像是一场蓄谋已久的复仇。

事后，黎川没有得到想象中那记耳光。提前了解过心理学常识，一般情况下，当性侵犯的受害者叙述事发经过时，他们会有再次被侵犯的错觉，这对他们精神和心理上的伤害是很大的。事后我试图让她说出这次经历的感受，可韩雪的依从与淡定彻底击败了我，她甚至没有一个幽怨的眼神，只是随笔写下一张字条递给我，"宝贝，听说你厨艺不错，我想吃红烧排骨，喝北冰洋"。然后，她脱下身上被扯烂的裙子，转身回卧室把门轻轻带上，不一会儿，午后的房间寂静了，我了无生趣地拿起包下楼买菜，初秋的阳光还是有些晃眼，骑上自行车的腿有点发软……

女友又一次以非凡和超脱的智慧经受住了考验，就这样，我们在类似不停歇的较量中交往了四年。有一个疑问在我心里倍感困扰，韩雪她到底看上我什么了？始终想不通，也许这就是存留在我们之间的隐患吧，如同天上的两片云，从低处看始终是重叠交错在一起，可它们永远不可能在同一个云层交汇，从未有过真正的相遇。终于，在一个大雪纷至的夜晚，送她去车站回家过年的途中顿悟了，黎川这个年纪还不需要找个女人寄存灵魂，他的身体需要尽情释放，无数个夜晚写不出满意的音符，就是因为情感被过早羁绊失去了自由的权利。火车开动的前一刻，我向她说出了心里话，"小雪，你毕业分配到国家机关了，有大好的前程，我们对生活的追求不同，在一起不合适还是分了吧，我还想漂几年……"

韩雪就是韩雪，听后，她扬起尖尖的下巴，那是她身上最漂亮的部位，清冷地回了一句"好的，你请回吧，我就不目送了"。

暑期很快再次到来，我离开了实习的法院，与新组的乐队开始反复排练磨合。闷热的午后，伴随知了吱吱叫和邻居孩子们的嬉闹声，父母家楼前的绿荫里，忘记带钥匙的我，喝着可乐无所事事地坐在家门口等待，远远的，看到妈妈急匆匆的身影，她接到电话从单位赶回来给我开门，不想听她数落转身迅速上楼，妈妈在身后唤我："黎川你跑什么呀，有你的包裹寄到我单位了……"我放慢脚步从妈妈手里接到来，有分量，毕业后同学们大多就职司法部门和律所，只有我没有固定单位，很多信件会邮寄到妈妈单位代收，但包裹少见。

回到家里找剪刀打开，是一个四四方方印有古埃及法老人像的糖盒，打开盒盖看到一个熟悉的粉红色信封，下面是满满一盒的金帝巧克力糖。我有种预感，是韩雪寄来的。她一反常态，没用常见的短文，而是絮絮叨叨地写满三页信纸，好文采也难觅芳踪，满眼望去就像是被一个家庭主妇倾倒苦水……

"精神恋爱的结果永远是结婚，而肉体之爱往往就停顿在某一阶段，很少有结婚的希望。精神恋爱只有一个毛病，在恋爱过程中，女人往往听不懂男人的话。"这不是我说的，是作家张爱玲在《倾城之恋》中的描述。黎川，我要结婚了，而这个婚礼我曾一直幻想着新郎是你，用你的话说，我不该有幻想而是计划中。数月前分手时没有留话给彼此，今天要说说。我出生在安徽一个小地方，我们老家谈婚论嫁讲个排场规矩，也就是西方所述的仪式感，我们交往四年即便结束也需要有个说法，这些喜糖就算是仪式感吧。

知道你一直认为我很聪明，总是想阴谋控制什么局面，也想不通我究竟喜欢你什么，现在可以明白告诉你，当我和同学第一次看到那个留着长发的少年在草坪上弹着吉他，悠扬的旋律洒脱的指法不仅征服了对音乐有准备的人，也吸引了我这个一窍不通的乐盲，后来得知，那天你弹奏的是著名的《加州旅馆》，那是我第一次体验情窦初开的感觉，没错，后来是我写信追求你主动示爱，你来宿舍找我玩，我们亲热的情景被辅导员撞破弄得全校皆知。

你总嘲笑我是学霸，可是，学习好有错吗？黎川你是在未名湖里泡大的，我是从下游努力游上来的，不好好读书不考高分能有机会接近你吗？交往了四年，你不停歇地一次次挑战我的底线，忍耐退让不为别的，我从小接受的教育很简单，从一而终啊！被哪个男人睡了就要想办法结婚的，我有阴谋可这又算是什么阴谋，我只是想正大光明的，想嫁给你这个让我一见钟情的男孩子，大家眼中的世家子弟，同样在名校就读的天之骄子。如果说我们有差异，只是门第的差异，我从小没有机会学习音乐艺术，不代表我不能欣赏和喜爱。爱上你有错吗？我玩命学习每次都是一等奖学金，不是为了你那高干高知家庭可以抛开门第偏见接纳我吗？我是处心积虑，但有错吗？

为什么每次做爱，我都不肯展示身体？因为我自卑，你知道吗？什么苏联轮训美女间谍的典故，即便是真的也与我八竿子打不着，知道你喜欢丰腴性感的，是个男人都喜欢，但两个人的适配是一种内心感觉，而不仅仅是视觉，如果因此而忽视了前者，那只能是你个人的损失。明白你不愿意我去机关工作，但先天不足是要靠后天的勤奋补拙，不是吗？一家老小都指望着我在北京出人头地、光宗耀祖，我不能像果儿一样，衣着时髦暴露坐着你的摩托车拉风似的陪你玩乐，有一天醉一天，我做不到，我不仅爱惜你，更爱惜自己，珍视肩负的家族荣誉。没有无法相遇，只有不肯停留。又有哪一味良药，可以治得了心中的委屈？你提出分手我早有预见，不肯停留我不嗔不怨，相反，我感恩一路有你陪伴过，写这封信并不是想得到初恋男友的祝福，只是希望我们的感情可以有个终结，正式画上句号。

我捧出盒子里的金帝巧克力，这是从小最喜爱的糖果牌子，金灿灿的糖纸上映射出自己沉静的脸庞，这一刻，我似乎对韩雪有了真爱的感觉，虽然这感觉朦朦胧胧的还无法准确捕捉……好似天上的流云不停变幻着图形，惹得天空阴晴不定。可以确定的是，我的心好像被堵住了，有被撕裂的疼痛。从那以后，生活中出现过各色丰满高挑，或文艺或风骚的女伴，她们以各种形式真实的存在过停留过，时间或长或短，但每一次激情与疯狂后我都会想起韩雪，想起她漂亮的微微扬起的下巴，清纯的韩雪填满了我懵懂的少年时光，也彻底带走了我的纯情。

村上春树在《舞舞舞》里写道：你要做一个不动声色的大人了，去过自己另外的生活，不是所有的鱼都会生活在同一片海里。

苗苗的樱桃小口一张一合，眼神迷离，嘴里发出呜呜的声响，她用力咽了口唾液，面部开始红涨扭曲。一个翻身压住她，苗苗趁机仰起头舔舐我的胸肌，散发着芳香的一头栗色波浪长发散落在枕间，灯光下看着她刷满厚脂粉的风尘脸，突然有点想反胃，伸手摸出枕下事先备好的黑色眼罩戴上……

从浴室出来，我一边擦着头发上的水珠，一边调侃她："挺听话呀，上次说的把窗帘换个全遮光的，很快就办了，还把木地板也换成实木的，舒服。""老公的指示我一定照办"苗苗一脸轻浮地讨好，其实她不笑还好看些。我喜欢室内昏暗的感觉，特别是白天幽会时，那种廉价的半遮光布窗帘让人十分不爽，上次从苗苗家走时就交代她换窗帘，这个女人不仅身材性感脑子也好使，为留住男人还是肯下点功夫。

滋滋滋……手机在床头柜上震动，坐下来刚要拿起手机，被苗苗抢先一步夺了过去，"小焕？小焕是谁？""拿来"，"你不告诉我，我不给……"我跳起来把她反手压在床上抢过手机，"老实点，今天不想收拾你"，苗苗趴在床上安静了。

"喂……""黎川，是你吗？""小焕呀，好久不联系了，怎么了，找我有事吗？""黎川，我生了！""什么，你什么时候生的，不对，你结婚了吗？""我是说，我升职啦，审判员，黎川你怎么不跟我们联系啊，上次去北京出差同学们聚会你也不来……"听着她亲亲热热地说东说西，这个通话足足有五分钟。挂掉电话，我燃起一根烟陷入沉思，毕业多年了，同学们都有了进步，我却与他们渐行渐远，演出市场不景气乐队排练少了，大多时间不是与果儿厮混，就是一个人在家里发呆，音乐创作时有灵感但又显然不够成熟。

两根烟抽完，才想起床上的苗苗，有一丝愧疚犯了恻隐心，一把将她揽在怀里，"大学同学的电话，别多想，来一根吗？"烟熏雾缭中，两个人一起吞云吐雾。20分钟后，我回到床上补觉，苗苗上厨房做饭。第一次亲热后我就教训过她，男人是通过食道爱上女人的。苗苗是东北人在北京打工，我们在某社交平台认识，一来二去很快发展成炮友。苗苗说她在广告公司做文员，可我观察她的装束和肢体语言，怎么看都是个上夜班的。

第一次见面，告诉她车牌号后我站在车前等，她扭动着高挑丰满的身体走过来，"嗨，帅哥，你好！"麻溜上了我的车，说热把外套脱了，里面是一件黑色低胸蕾丝配超短裙，雪白丰满的胸脯一下暴露出来，我冷笑着打量她……苗苗朝我娇媚地眨眨眼睛，"哥哥，我饿了"。我把车子迅速发动，开出地下停车场，10分钟后来到附近一片荒着的工地停下车，冷着脸绕到副驾，打开车门一把将她拖下来塞进后座，一片尖叫声中黑色蕾丝胸围激发了我的暴力倾向，完事后还有点懊恼，这个货色不知道被多少人上过。

后来加了微信偶尔相约放松一下，都是约我大白天来她家，位于京郊的一居室，装修简陋看样子是租来的，我不打听显得多事，慢慢熟悉后得知她家境很一般，东北农村人，性格爽快就是有点装，平时跟我嗲声嗲气的，一接老乡电话就粗门大嗓脏话连篇。

事儿办了几次就腻了，不仅我腻了苗苗也腻了，我有洁癖毛病挺多，她又懒，出租屋里总是乱七八糟，我来一次她得提前收拾清洁还要做饭，我们交流的话题实在有限，时间长了都感觉无趣，苗苗很快找了一个老家来打工的男孩确定了恋爱关系，两个月后我们就彻底凉了不来往了。偶尔大半夜的，苗苗会微信发个短视频勾引我，两个人对着手机或文字或视频暧昧调情，睡前发个红包给她，互不相欠。

再次见到苗苗是两年后的初冬，期间没有什么联系，各忙各的，偶尔看看她的微信朋友圈也是低端的吃喝玩乐，一群年纪相仿的庸脂俗粉聚在一起找乐子，看样子也是真快乐。有时也挺羡慕她，在北京混了多年，要啥没啥还能把日子过得傻乐，在很多人看来我要啥有啥，还是很迷茫不知生存的意义为何。害怕黄昏，当每个黄昏来临，一个人守着个空荡荡的房子，总是让人想到死亡的命题，有一阵特别喜欢纪伯伦的诗，饱含着东方气息的哲理和流利文辞让人沉醉又惆怅，每当秋天的落叶铺满燕园的小路，我都会忧伤，觉得自己快抑郁了需要专业的心理干预。

　　苗苗连续两个晚上发微信给我，写了大段的文字诉说离别后的相思情谊，说实话，我对这个年轻女人没有太多感觉，说爱肯定是骗人，说厌恶当然也不会有，短暂接触的几次她都表现得温顺乖巧，尽管看得出她故意迎合我，对一个北方爷们来说，被女人迎合是好事，是褒义词。而且，交往中她总体表现得还不错，人是俗点，可做一个性伙伴还是称职的，胖乎乎的身材很性感，在当今这个以瘦为美的时代，100斤的女孩子还天天喊着减肥特没劲，因为工作关系，常常可以在演出时见到一些二三流女明星，电视上还能看，本人是真难看，细胳膊细腿胸部怎么拼命挤都是假的。

　　一次与朋友聚会后深夜回到家，看到苗苗发来的短视频，镜头里搔首弄姿的就是想见我，刚喝了酒有些躁，最近为筹备演出在持续减重，弄得人每天轻飘飘，很久没碰女人了，生物钟有点紊乱，想去减减压放松一下。我从家里翻出一个参加品牌活动时送的化妆品礼盒，转身叫了车奔向苗苗的出租屋。

　　12月初的北京，室内室外两个天地，30分钟后，当身着黑色皮风衣戴着口罩的我出现在苗苗的出租屋，真是有点黑色幽默的意味，苗苗身着一件粉色丝质睡衣，酥胸半露，东北女孩本来就皮肤白皙，染了一头栗黄色大波浪披肩长发，灯光下看她竟多了一点异域风情，两年没见她成熟了更有女人味了，性感睡裙盖住脚面，添了一分含蓄的妖娆。两人再次相聚，一个是隆冬装束一个是夏天的打扮，相映成趣不禁哈哈笑起来，"你见我怎么总是夏天的打扮，没钱买棉袄吗？"苗苗满面娇羞，不说话直接扑进我怀里，"哥哥，好想你，嗯……"

"胡说什么呢……"不等我把话说完，已经感觉到她的小手在风衣里直奔主题了，记忆中的舒爽劲儿一下涌上头，第一次做爱是被她的风骚劲儿激发了肾上腺素，后来为了挽留我苗苗也动了脑子，想到这里风衣毛衫衬衣已经被脱掉了，彼此深吻着，舌尖在对方口腔里搅动，苗苗半透明的睡裙已经脱落在地上，家里装了地暖，光脚站在客厅实木地板上，一股热气自下而上蒸腾开来，唉，不管她是三陪女失足女还是小白领，这个女人确实不错，特别懂得男人的需求，她紧紧搂住我的脖颈，疯狂吸吮着我的舌头，抱起她顺势倒在毛绒地毯上，昏黄的灯晕中，娇媚丰腴的身体完全展露在视线里，依旧是化了浓妆的一张脸，让人不由在隐隐爱意中生出虐待的快感。

喜欢看到她脸上因生理快感而产生的痛苦表情，于我而言，这种创造幸福带来的欢愉已经超越了交欢本身的快乐，她的呼吸越来越困难，双手胡乱抓着地毯上的毛绒，耳畔响起一阵阵熟悉的呻吟声……有时我想，与苗苗这样的女性交往，应该是对初恋时弱势心理的补偿，不顾尊严的肆意践踏，彻底激发了男人的野性，带给我无比的优越感。

疯狂之后是难耐的寂静，我有点饿了。苗苗起身去煮速冻水饺，20分钟后我们一起吃起来，她很活跃话也多，问东问西的，主要是看到我朋友圈信息参加的社交活动很多，在她看来都是高大上可望而不可即的，想让我带她出去玩玩见见世面。我若有若无地听着没往心里去，这样的女人扔在家里都感觉不靠谱，带出去会让朋友们笑话的，再说了，怎么介绍她呢？情人、女友，还是普通朋友？总之都不太合适，我要面子的，这种形象的女人会跌份。吃完饺子，临走前苗苗抱住我一副可怜巴巴的样子，有点于心不忍，拍拍她的脸颊，答应可以一起去逛逛街，但是两人要保持距离。

"真相是我脑子里所想的最后一件东西，即使有这样的东西存在，我也不希望它留在我的家里。俄狄浦斯去寻找真相，当他找到时，真相摧毁了他。这是个非常残酷的笑话，真相不过如此。我打算模棱两可地说话，你从中听到什么完全取决于你的立场。"（鲍勃·迪伦回忆录《像一块滚石》）是的，真相如此，说真话也令人恐慌的。如果说与初恋女友韩雪交往的全过程都是拧巴的，那是20岁的青春少不更事，对感情过于认真想弄明白每一个细节，而韩雪又是大智慧有原则的女人，总是被她看透让人有落败感。

及时行乐，上天给你什么，就享受什么。社会混迹多年后，我认为自己成熟了，至少对女伴不再有探究真相的好奇心。不管你是什么套路怎么想的？合则来不合则分，有一次跟大学同学喝酒聊天说起这事，他很笃定地告诉我："黎川，你还是没遭遇真爱，对喜欢的女人不会这样。"爱或不爱，有那么重要吗？苗苗总是在激情的最后一刻问我："老公，你爱不爱我，说爱我……"其实她是真傻，男人在床上的话能信吗？怜惜是有的。年纪轻轻的女人做不做正经事不清楚，以这种方式与男人勾搭上，还随叫随到，怎么可能被人爱呢，即便是有一点爱的感觉也是生理高潮后的幻觉吧，没有一个男人可以容忍伴侣如此放荡。

现实生活中，事情发展的角度总是多元的，很快我就为自己的错误判断懊悔不已，就像是当年高估了中文系大三女生韩雪的心智，一路只惦记着跟她较劲，不停地揣测质疑。韩雪之后，我不再跟任何女人说爱，有个别文青女非要纠缠，我会告诉她：有一点吧。就像我的偶像鲍勃·迪伦所说，"我会模棱两可地说话，你从中听到什么完全取决于你的立场。"但是这一次，我低估了苗苗。

一直觉得炮友之间是没有感情可言的，或者说炮友关系是世界上最纯粹的关系，没有金钱纠葛、没有人情世故，仅仅靠肉欲维系，各取所需之后便一拍两散，从来不干涉各自的私生活，甚至连彼此的真实姓名与年龄都不知道，炮友，无异于高仿的充气娃娃。可苗苗接下来的行为给我带来了麻烦，我开始重新审视这个问题。

春节后，接了一个音乐剧艺术监制的活儿，从海选演员到排练安排演出剧务管理宣发都要管，日程表排得很满，每天回到家都是深夜了，没有心思回复苗苗频繁关切的微信，我去哪儿干什么和谁一起，这些跟她一毛钱关系也没有，闲的时候挑逗一下没问题，但忙的时候特别是跟合作伙伴开会谈事儿，发微信打电话又没啥正经事真让人腻歪，就这样，这个女人开始变得不那么可爱了。

苗苗连续一周每晚11：00准时call我，接通了就开始撒娇让我过去找她，说忙了一天累了改天再玩吧，挂了电话又噗噗噗不停地发微信，我睡觉一般不关手机，爸妈退休后为了照顾方便我们住得不远，有一次大半夜的我爸高血压犯了鼻血流个不停，妈妈打电话给我让送医院，从那以后手机就24小时待机，我是独生子这是应尽的义务。苗苗不停发信息，原本就睡眠轻，这下好了，让她骚扰的一夜一夜睡不好，第二天还要早起赶工，终于有一天受不了，发微信问她在哪？不是想见面吗？中午去找她吃饭聊聊。

帝都的天气，变脸如同翻书。3月中旬暖气刚停，天儿又降温下起小雨雪，开车接上她去了一家涮肉店，正值饭点大堂里满满当当全是食客，落座后苗苗脱了长大衣，里面是件深V低胸的粉色毛衣，我看完菜单抬头瞟了她一眼，"你冷不冷，把大衣穿上吧"，"老公我不冷，这件毛衣新买的好看不？""注意点影响，别这样，跟谁都叫老公吗？"苗苗低下头有点难为情，"那我叫哥还不行吗？""随便"，我叫来服务员点完餐，"你还加点什么？""老公，不……哥，我减肥，随便吃点就行"，我看着她肉乎乎圆圆的脸，"没觉着你胖，毛衣还不错挺好看"，苗苗立即甜笑起来"还是老公你最好了"，拉下脸瞪了她一眼，"把围巾披上，露这么多大白天的好看呀！"其实真的很奇怪，日常见面总感觉她身上一股艳俗劲，也搞不清这气质是怎么养成的，浓妆艳抹的就从来没见过她素颜的模样，在床上还行，一穿上衣服就挺别扭。

"说吧，这么急着找我，有什么事吗？""老公，没事，我就是想你了，想见你呗"……吃了5盘涮羊肉，我也不知道自己胃口会这么好，一顿饭的工夫都是听她说家长里短，加上一口东北渣子口音，实在是好感不在线。吃完饭，送她回家，车上临分别前我很严肃地跟她摊牌："苗苗，我很忙，没什么事少找我，等忙完自这一阵再约好吧，你别想多了，该干吗干吗，我喜欢你，但你不是我能接受的结婚对象，咱们做朋友可以，想有结果恐怕不行，我这个年纪了得说实话也别耽误你。"

苗苗听完，嘤嘤地哭了起来，"黎川，你不能这样对我，这不公平，我知道你春节出国玩了，回来也没给我带礼物，心里面根本没有我，我就是你的泄欲工具，想玩了来找我，玩够了就不要了。"看她哭着脸憋得通红，我从车上拿出纸巾递给她，她耍脾气一手推开了，我凑过去给她擦眼泪，"好了，别哭了，把眼睛哭肿妆花了不好看了"，这才破涕哄好了。她随即扑进我怀里，我轻轻拍拍她，"好了好了，得回公司上班了，有时间了去看你"。"那你亲亲我，我就走了"，在她唇上蜻蜓点水，苗苗又恢复了甜笑，回我一个深吻下车走了。我燃起一根烟，烟雾中问自己，这是在逢场作戏吗？怎么能这样骗人害己？也不全是，对她还是有一丝怜爱吧。但这样的女伴又不只苗苗一个，个个都能闹让人这么哄，怎么办才好，想到这里下决心要疏远她。我拿她当炮友，她把我当男友，两性关系的认知一旦出现落差，就是危险的隐患。

上次见面后，苗苗果然消停多了，除了中午晚上发微信撒撒娇黏糊一会儿电话是不敢打了。我闲下来也会给她回微信，对着手机屏幕写下暧昧的文字，微信里可以表达亲密关系的符号，拥抱亲吻玫瑰花用个不停，这是幻象吗？如同当年韩雪给我写的情书，一张张散发着香味的便笺纸，读后让人温情沉醉，大多时候不认同是跟苗苗在微信聊天，会把手机后面那个人假想成自己真正喜欢的女孩子。知道这样对苗苗不太好，会让她对我们的关系有进一步的幻想，但一转念，这样随便的女人怎么可能动真感情？

初夏时分，我开始各种忙碌，助理把每周日程和通告安排好，早出晚归国内国外频繁飞，最惹人烦的就是商业谈判和应酬，虽然很少有机会上台演出了，还是反感酒后嗓子不舒服。这期间基本忽略了苗苗的存在，原本也没有放在心上。五月中旬，她开始每天频繁给我发微信，打开手机就是大段大段的文字，一天能有十几条，也没什么事就是以各种方式说想我，有点烦，不想搭理她冷了十几天也没回复。

一个周末深夜，飞机刚落地手机一打开，微信涌出几十条未读信息，这是疯了吗？心里有点冒火，电话随即打了过去，"还没睡啊，发这么多信息，除了想我还有其他事情吗？"片刻沉默后，电话里传出冷冰冰的腔调："黎川，我们一个多月没见面了，如果你爱我，怎么可能这么久都不来找我，知道你在北京，如果今晚见不到你，我会让你品尝后悔的滋味。"手里的项目进展不顺利正郁闷，听着苗苗一反常态的威胁，心里的火一下就搓起来，什么人都想欺负我啊，"好，你给我等着，现在去找你，我们见面辩扯"。没吃晚饭又揣着一肚子火，从停车场取了车就往京郊急驰……

苗苗的家门虚掩着，客厅里没有人，窗户敞着，我走过去关上窗把窗帘拉上，叫着她的名字径直走进卧室。漆黑一片静悄悄没有人回应，打开床头的落地灯，看到苗苗平躺在床上，穿了一件白色吊带短睡裙，雪白的肌肤在灯光泛着光泽，四目紧闭像是熟睡了，路上折腾半天火气也消了大半想想算了吧，转身要走，谁知她突然弹跳起来紧紧搂住我，试图挣脱又不坚决，伸出手掐掐她的脸算和解了。

洗了澡出来，在床边的榻上以最放松的姿势半倚着，左手端着杯冰可乐，右手夹着烟，盯着对面墙上的一幅裸女油画，烟雾吞吐中彻底放空自己。两腿间跪着一个娃娃脸的女人，肌肤白嫩臀型丰美，半长的披肩发柔顺光亮，白色睡裙吊带下滑酥胸坦露，一脸浓妆还是舍不得擦去，这张俗艳的脸让人很难滋生爱情的体味。人类对未知有天生恐惧，总认为新不如旧，于是就有了惰性。这个晚上，我留下来没走，第一次与她共枕一夜，很少在外面留宿，出差回来真是累了。

很快，黎川就为自己清醒后的摇摆和放纵付出代价。那一夜醒来，想不起自己睡在哪里，听着微信语音里苗苗发出的调侃和浪笑，有一种被虚妄套牢的恐慌，悔恨自己太软弱。想起威廉·派伯斯特镜头下的风尘女露露，在数年荒唐不羁的放浪生活后，路遇沉默而英俊的男人，那一句"我不要钱，我爱你"，之后观众心中依然是悲剧重演的惋惜，在生存的灰色地带徘徊多年，想紧紧抓住视为"救命稻草"的男人，意图依附得以升腾和平安着陆。放下爱情的幻觉，听到她虚妄穿越阶层车厢声嘶力竭的锤门声，一个稍稍清醒的男人，怎么会为了一个被主流社会鄙夷的失足女，去做那个勇敢的开门人。

如果说苗苗存在的意义类似一道餐后甜点，那她自然不会有主菜的味觉和功用。有意回避加上工作忙碌，近一个月的时间，不论她在微信里似骄似恼或嗔或怨，我都置若罔闻不再回复，给家里装了固话，每晚睡前关机。早上醒来，手机开机后一定可以看到她的微信留言，从大段文字发展到后面歇斯底里的语音恐吓，中间有过一次割腕和跳桥的闹剧，"黎川，你他妈的不来见我，我就从立交桥上跳下去"，没理她，也没跳。第二次打来电话说割腕自杀，我让助理开车去她家里看看，回来说没事，就是情绪有点激动安抚了一下好了。

后来又演变为威胁要伤害我，其间我的心态也有了细微变化，由起初的无感到后面的忧心，这么胡闹下去不是个办法，手机和微信完全可以拉黑她，可又怕她因此受了刺激自伤自残很可怜。后面接了两次她闺蜜打来的电话，说苗苗一直患有轻度抑郁症，最近情绪激动应该是又发作了，"黎川，我同情你的感受，也不指望你有勇气下半生照顾她，你也没有义务，可苗苗现在不肯配合治疗，你哄哄她，情绪稳定下来接受治疗，她失业了很久了没有收入，每次都骗你说是去公司上班，可现在付房租都困难了，等病情好转父母就接她回老家了"。"我可以给她找个医生，出一部分治疗费用，但是要跟你讲清楚，我对苗苗没有感情，出于人道主义可以哄她，但是你要对结果负责。"

整整两周，我像个精神病人一样，每天对着手机谈情说爱，发送关切的语句。不知怎么了，这段时间里我总是想起韩雪，想起她林林总总的好，她是那样温柔体贴，为了一个并不结实的承诺，完全牺牲了自我的感受，总是想起我们共同度过的那些夜晚，还有那头瀑布般的黑色长发。跟韩雪在一起，我的心始终是安定的，感情是专一的。假如那盒喜糖最终是由我们两人一起分发出去，那我的人生该有多么完美，爱情的结晶早已经有了。

唉，这个时候，读者一定会问苗苗怎么样了？她乖乖服完药两周后，病情好转开始要求见面，我坚决不见她，于是故态复萌再次听到要死要活的威胁恐吓，这一次谨遵医嘱做了冷处理，拉黑了微信换了手机号搬了家，从此，我在她的世界里消失了。发小来我家帮我收拾整理，听说这事笑得不行了，"黎川你跑什么呀，多大点事，你阅人无数还怕这个，别太拿自己当回事了，她做这个职业的，在你这里钓不上鱼，马上调转船头去寻找其他目标了，看把你紧张的，折腾成这样。"后来，派出所的一个熟人片警上门"普查"，我才知道苗苗一直用假名字假身份与我来往，听后有点啼笑皆非，感觉生活跟自己开了一个玩笑，过程很荒唐，但结果是美好的。四年的初恋很珍贵，理想与现实的博弈中，韩雪早已让我品尝过爱情的滋味。

/ 03 /

发小孙静茹，从小就是校花，中戏表演系毕业后进入国家话剧院，这里不再赘述她的美貌，没有别的意思，我们从小是哥们感情很好，也不想给她过多的笔墨。静茹所供职的单位法中文化交流促进会有个音乐剧项目合作，经她牵线，我承接了部分音乐创作和演出指导。所以，赴巴黎工作数月。

隆冬时分的一个傍晚，落地熟悉的京城。拖着两只超大的箱子，返回之前租住的高级公寓，房间落了一层薄灰略显清冷，把行李搁置在客厅，打电话叫来保洁打扫房间。下楼吃饭，想取车子又放弃了，还是一个人走走，浓浓的雾霾在空中浑浊地飘荡，掏出包里的3M戴上，遮住一脸总被夸赞为酷帅的冷峻。

京东的CBD华灯初上，行色匆匆的人群和潮水般涌动的车流交织在一片暗色朦胧中。国外待久了特别想念口味厚重的中餐，路过一家"云海肴"餐厅看上去还不错，落座后点了鸡丝凉面和什锦火锅一个人吃起来。不知怎么了，对巴黎的湛蓝舒适和满溢的艺术时尚，并没有情理中的留恋，回到土生土长的地方，胃被热乎乎的饭菜填满，心才安定了。

经熟人介绍，我去了一家法资文化公司任职艺术总监，之前一直开的陆虎揽胜卖掉了换成大切，衣橱里一色的黑灰色调，博士伦弃用戴上超轻的蔡司黑框，绝缘了地下酒吧和乐队，依然保留的是独来独往和早出晚归，与新同事、合作伙伴保持着距离。读到这里，你一定在想，女主角是不是应该出现了？如果说在生活的重新建构中依然不能避免流俗，我认同。只是不愿再回到醉生梦死的生活形态，珍视内心的感受，寄情于事业成就，也会让人心生愉悦，那些因酒精和迷惘催生的多巴胺，不要也罢。

新年历在手中一页页快速翻过，接了中央芭蕾舞团复排舞剧《马可波罗》赴欧洲巡演的案子，每天都要工作至深夜凌晨，在此期间体重也减了不少，每天出门前，穿上Ermenegildo Zegna羊绒大衣，镜中这个成熟男人，脸部线条峻峭清晰目光坚定。圣诞节临近，又到了年终派对季，公司的男孩女孩们下了班就衣着光鲜、成群结队的参加各种趴，我也乐得成全，加班超过夜里10点，把助理小秦也放回去了，静默的办公室里只剩落一人，捧着杯热咖啡与电脑上的PPT文案自寻烦恼的作对。

平安夜，又是独自加班过了10点，忽然想宠爱一下自己，暂且抛下有些庸常的卡布奇诺，开车去了附近的西班牙餐厅PUERTA 20，点了海鲜饭套餐想带回办公室，半路改变了主意，过节了不撑了早一点回家休息。这个点北京的路面还是很拥堵，车子在公寓地下车场停稳已是夜里11点过了，圣诞的钟声即将响起，心里泛起一丝甜蜜的小情绪。

多年前的平安夜，法学院男生黎川和中文系女友韩雪一起见证美好，那时的京城还没有那么多浪漫的西餐厅，圣诞氛围也很淡。为了讨女友欢心，黎川会提前两个月就开始节俭度日，攒下生活费用并恳求在北大西语系任教的妈妈，想办法带回可以讨女孩子欢心的礼物，妈妈心领神会从来不多问，但每次的礼物都让人惊喜。有一次韩雪无意中说起自己从来没有玩过洋娃娃，在最想抱着娃娃撒娇的童年留下遗憾。于是，当一个从埃及带回的金发洋娃娃，连同我一起送进她的怀中，韩雪抱紧我欢快地踏着新学会的交谊舞步，整晚傻兮兮的笑个不停，她告诉男友，自己拥有了全世界真的很幸福。

坐在车里独自"甜蜜"了一会儿，晚餐没吃胃先生开始抗议，于是，拎起打包的海鲜饭上楼。深夜的电梯在5层停下了，"叮咚"轿门打开，走进来一个年轻女人。是的，要在这里描述一下她的容貌特征，正如你的想象，前面的长篇文字都是铺陈，女一号终于出场了。电梯关上门的瞬间匆匆打量她，娇小的个子，穿了一件略显单薄的风衣，背了一只白粗布面料的书包，一头灰黑色的齐刘海短发。

电梯继续上行，"你去几层？"扭身看了一眼，苍白的脸色一双空洞的眼睛，她好像没有听见我的问询，视线没有丝毫游移。"可能人家是与我同层。"寂静只维系了20秒，电梯很快停在顶层，我大步走了出去，快走到家门口时感觉气场不太对，停下，一个转身，身后果然是跟了一个人。

"你住在哪里？为什么要跟着我？"对面依旧是一双空洞的眼睛，她摇摇头，发出一种很特别又非常熟悉声音，"我没地方去"。后来我想起，是早年看过的港片《游园惊梦》，日本女演员宫泽里惠饰演的女主就是这个声音，一种柔弱的女声带出意外的颓废感，那部文艺片的很多情节都忘记了，唯独对那个柔声细语记忆犹新。转身掏出钥匙……

10分钟后，客厅的小餐桌上，海鲜饭和烤鸡翅被吃得只剩一片狼藉，我舒服的仰坐在意式牛皮沙发上大口喝着热茶，"哎，你别管了，等会我来收拾……"话音未落，睁大眼睛看着屋里除我之外的另一个活物，感觉自己这句话特别多情。你们的女一号，此刻在室温高达30度的公寓里面，穿了一件宽大的绒衫，旁若无人的转来转去，还随手打开了每一个房间的灯，这个150平米的单身公寓里面难得灯光通明。

我仰头把茶一饮而尽，把餐桌迅速恢复整洁的原状，提起垃圾袋走出房门，一支烟后返回室内，又被这位女一号给搞得莫名其妙。此时，室内大灯已经全部熄掉，只留下客厅角落里的落地灯，她在那张意大利沙发上蜷缩成一团，身上盖着主人常用的Hermes羊绒线毯睡了。看来今晚是不打算走了，转念又想，其实在客房睡一晚应该更舒服些，还是随意吧，你一定叫不醒一个装睡的人。

关上落地灯走进主卧，在浴室里洗了个热水澡后躺在床上开始冥想，瞌睡虫很快来骚扰，迷迷糊糊的睡意正浓，想起自己在巴黎收养的一只流浪猫，圆头圆脑的特别黏人，每晚都会守在自己床边入睡，晚上起夜，它也会晃晃悠悠地起来跟着我去卫生间。回国时，这只叫菲儿的短毛猫咪送给了邻居……

早6：30准时醒来，工作日的生物钟非常固执。起身穿衣洗漱完毕，方想起客厅里还睡着一位其貌不扬的"猫咪"，撕下一张白色便笺纸，写下一行字，"面包和牛奶在冰箱里，你走时把门带好，祝你好运"。大切飞驰在路上，这一天的工作日程安排很紧张，上午公司项目分析例会，下午约谈了合作伙伴，手头的方案要尽快脱手。停好车子，在公司旁边的星巴克拿了卡布奇诺和早餐，上楼，又是一天鏖战。

晚10：00，手机报时铃声响起，看了一眼坐在外间的助理，今天太TM累了，不干了，叫上小秦一起走。我开车把她先送回北四环，折返回公寓已经是11点过了。想起家里还有只叫不上名字的"流浪猫"，心里莫名有点燥，早上那张字条很明显是逐客令，如果不识撵撵也撵不走，该如何是好？！总不能大门一关泰然处之，要不，把她送去城市收留所寄养？不能想，不想还好，一想就是麻烦，还是自找的。

寓所没有亮灯，黑暗中透出异样的宁静，伸手打开客厅的复古水晶灯，暖烘烘空荡荡的房间一切照旧。如果说变化，只有自己凛住的呼吸，期待有什么又害怕有什么，说怅然若失有点自我菲薄了。餐桌明显是收拾打理过，早上留下的白色便笺纸消失了，松了一口气，一屁股坐在椅子上，才发现进屋时忘记换皮鞋。苦笑了一下，真是一只"流浪猫"，来有影去无踪，还好不是什么美女，否则会不会遇上什么风云？脱下外套的瞬间，感觉自己很可笑，这个世上不按套路出牌的人多了去，每个人都有自己存活的技能，干卿底事，操不完的心。

洗完澡，换上舒适的家居服，睡前想找本书，想起那本从巴黎带回的作家Guillaume Musso的畅销书《Et Après……》，据说一年卖了80万册，已经看过，但这会儿饶有兴致了想再翻翻。走进书房，把书从书柜取出来，扭身回卧室前一瞥，一个醒目的橘红色便笺纸，生硬地贴在暗色的木面书桌上。心里一紧，大步绕过去，探身眯上眼睛仔细瞧，上面是一行隽秀的法文手写体。

Si tu veux voir, s'il vous plait, Université normale de la capitale de la porte de l'Est，le panneau d'affichage

如果想见面，请移步首都师范大学东门，公告栏

落款是中文，"小奇"。

不用笑，正如你们所愿，黎川这个晚上一定是睡不着了……

第二天一早客户来拜访，好不容易挨到午餐时间，一上午心不在焉、一上午饥肠辘辘的黎川，会谈结束后顾不上等待助理细碎的脚步，急匆匆开车上路，从帝都东城向西三环的校园飞驰。泊好车子，快步走向校园东门，果然，这里果然戳着一个学生自治用途的公告栏。距离两米远时，就看到密密麻麻的大小字样，一片印刷体手写体中，一张颇有个性的橘色A4纸豁然在列，上面有着让人眼熟的法文手写体。

Demain à 6 h 00，rendez－vous dans le Starbucks.Tu viens ou pas, j'ai juste attendre 30 minutes.

明天下午6：00，在国贸星巴克咖啡厅见面。你来或不来，我只等待30分钟。

上去一把扯下，这橘红是自己喜爱的Hermes经典色。这个小奇真是混蛋透了，到底想玩哪样，把一个中年男人从东至西白白折腾一顿，还不算，明天还要继续！这愤怒后的沮丧不是无名火，而是身体的生理冲动被长期压抑后蓬发，又一时找不到适宜发泄的场所和对象。开着车窗，让冷冽的风猛灌进来吧，眼神要被冻得麻木掉了。

40分钟后，身着白色暗花衬衫的黎川，独自坐在霄云路上那家著名的法式餐厅一个靠窗的位置。温驯的正午阳光投射在他身上，满脸潮红满头大汗的大口嚼着牛排，N多红酒过后，再次清醒时，他睡在公寓的床上，不要讥笑，也不要废话，他当然是一个睡一个人醒的。

床头小灯开着，手机静静地安放在上面。我伸手摸到它，一小簇光亮闪后，几行字是助理发来的。"黎总，你中午喝了酒不能驾车不能上班，我和同事把您送回家了，如果有事情请联系我。"看了下手机显示时间，是夜里8点过了。起来换上浴袍，去浴室冲了澡，光着脚走进书房，拿着昨晚那张橘色便笺看了又看，看不出什么名堂。转身走到书柜抽出那本Guillaume Musso的畅销书《Et Après......》，哎呀，一个薄薄的东西被抽离后跌落在地板上，愣住了，是一张Brigitte的专辑《Au Pays Des Candides》，她怎么会知道我喜欢的法国女子组合？怎么可能？拾起Brigitte，封套碟片里外反复看过没有异样……这是被套路了吗？好奇心又被勾引出来。

没有预设的失眠，相反，一夜无梦睡得很踏实。跟公司请了一天假，墨迹到上午10点叫了英式早午餐，之后在家里闲适一天，浇浇花整理房间，很快一天就过去了。下午5：30，我计算好时间准时出门，东边这时交通还好，半个小时车程足以抵达国贸。不要瞎猜黎川今天怎样捯饬打扮，有这个时间，可以想想女主的衣着，是女主想见男主，紧张的应该是她。

这是一家星巴克甄选店。6：00整推门进屋，高高的穹顶下，系着黑色围裙的店员穿梭忙碌着。一个头戴黑色皮质贝雷帽的短发女生吸引了我，修身的白色高领毛衣，深色裙子，及膝长靴，线条优美清晰的侧颜杀。女孩子扭头张望，瞬间起立向我招招手，尽管化了精致的妆容，还是可以认出这只变身法式优雅的"流浪猫"。舒畅的心又拧紧了，走过去看了一眼桌面，两大杯咖啡，桌角放置了一只黑色Chanel NO.5，小奇不说话，默默地坐着。黎川体内的血气一下升腾起来，右手端起一杯热咖，左手拎起Chanel大踏步走向门口。

是的，你们猜对了下面发生的事情。身后一阵慌乱而细碎的脚步声，小奇抱着大衣一路冲进了街边停靠的大切。发动车子前，我冷冷的下了指令，"系好安全带"，一脚油门踩进了车流……副驾座位上的"流浪猫"，很快就镇定下来，车上翻出包里的饼干嚼了起来。黎川这个晚上依然没有失眠，他只是省了一顿晚饭。

从这个夜晚起，我和小奇同居了。别误会，我们只是住在同一个屋檐下，她在次卧，主卧和书房是我的，客厅共用。第二天，她自己把行李搬来了，两只32寸箱子，书、几件换洗衣服，化妆品。令人诧异的是，她有近乎一沓材质花色各异的Hemers围巾，还有N多奢侈品牌的包包、鞋子，小小的瓜子脸配上空洞迷离的眼神，如此年纪，真是一个谜。她喜欢一个人静静地看书上网或是发呆，不会主动与我交流。后来得知，小奇28岁，毕业于上海外国语大学法语专业，北漂。

我们的日常起居基本是晨昏颠倒，早起出门时她还没有醒来，我会把牛奶、火腿、全麦面包提前买好放在冰箱里面，她起来后自己煮咖啡吃早午餐。晚上加班深夜回家，她已经睡了。哪天赶上回来早一点，会提前发信息给她，小奇提前准备晚餐，她烧菜的手艺不错，还会摆盘。开餐时，我一个人吃，她在客厅玩会儿手机，或是独自下楼遛弯。不是我没邀请她共进晚餐，小奇会摇头说："不饿，我晚上不吃东西的"。此外，我们之间还有一个约定，不可以进入彼此房间，任何情况下。还有一个暂时没看懂的，小奇每天要喝两大杯咖啡，平时素颜偶尔化妆，但是从来不用唇膏。

日子一天天数过，又到了春暖花开的时刻，和小奇也慢慢熟络起来。休闲时间重叠时，会一起逛逛位于中关村创业大街的言几又书店，去鼓楼的独音唱片淘碟。小奇喜欢去小西天附近的中国电影资料馆看片，她跟资料馆的策展人奇爱博士关系很要好。有时下班的点也会来公司楼下等我，我们一起去附近的法国文化交流中心看电影。我们喜欢吕克·贝松Luc Besson，喜欢朱塞佩·托纳多雷Giuseppe Tornatore，这都不稀奇，但我们同样热爱让·皮埃尔·梅尔维尔Jean-Pierre Melville

的作品，这带给我很大的惊喜。

这位"新浪潮之父"，他标志性的警匪片，《告密者》《第二口气》、后期的《午后七点七分》（《冷面杀手》）、《仁义》《大黎明》，显示了他警匪片中独树一帜的大师风貌。在这些代表作品中，可以看出，他受到美国电影和日本文化的影响，气氛肃杀而冷峻，多用冷调光线处理影像，对白少而精炼，擅长的是一种韵律和特殊气氛的酝酿和塑造，大有日本武士电影的风貌。尤其《仁义》一片中从开始到结束，几乎没有几句对白，发挥了有声电影的静默效果，阿兰德龙洗劫珠宝库一场戏前后二十分钟之久，完全没有对白和声音，但气氛之冷峻，韵律之流畅，成为历来警匪片所没有的大手笔，可以说是香港黑社会英雄片的前辈。香港导演如吴宇森等人就极为推崇他，并曾经推荐出版他的作品《冷面杀手》。

不再赘述，要说回我和小奇。一个周末，与小奇一起在北京法国文化交流中心观影，格伦尼奥·邦德尔执导的爱情片《魂断日内瓦》《Belle du Seigneur》，乔纳森·莱斯·梅耶斯、娜塔丽·沃佳诺娃领衔主演，这部改编自法国作家阿尔伯特·科恩的同名经典小说，讲述一位日内瓦的美人，有夫之妇，与犹太外交官陷入了迷惘的激情而无法顾及世人的眼光的故事。我很喜欢这位饰演女主的俄罗斯名模，小奇则是这类文艺片拥趸。相信这部剧读者有看过的，一句话说明白，纳塔利·沃佳诺娃，她是男主黎川心中天使的模样。

一直隐约感觉小奇的英语法语都比较地道，至少比我强出很多。随着剧情递进，小乔饰演的犹太裔外交官索拉尔陷入种族灾难深渊，猜疑爱人背叛而肆虐疯狂时，小奇情绪有了悸动，而她平素是那样的清冷平淡。电影没有中文字幕，男女主大段对手戏和英文旁白后，她双手掩面，抽泣得像一个重感冒患者。目光来不及游弋，轻轻的压力袭向我的肩头，心中即刻涌起微澜，伸出手想揽她入怀，却又迟疑停在半空，这个谜一样的女人，我们之间没有情愫，只有敬畏。

一夜无话。小奇回到家就把卧室门关上了。

接下来的几天，一切如常，黎川依旧早出晚归，小奇沉默寡言。我甚至怀疑她有交流障碍或是轻微社交恐惧，因为同居的几个月，没见过她与朋友外出，或是闺蜜来找她，更别提异性朋友。最常见的，是她盯着电脑捧着书，或是一人在楼下花园遛弯，脸上表情单一没有多的变化，看不出情绪忧伤、紧张或兴奋。

夏日临近，多梦睡不踏实。连续几个晚上都是夜半醒来，最应该休息的凌晨两三点钟，睁着眼睛赖在床上胡思乱想，一只两只三只……数不清的绵羊。索性起床，去书房找一张CD"安魂曲"。一直都有裸睡的习惯，套上睡衣光着脚走出房间，迷糊中路过小奇的卧室，房门没有关紧，暗色中透出弱光，挥洒在客厅木地板上，有一点不知所云。放慢放轻脚步，匆匆掠过她，取了CD返回房间，耳畔温柔的罗曼蒂克足以让我安逸入眠。

第二天的夜半，我依然醒来，神差鬼使"路过"那个房间，房门紧闭再没有光透出来，站在门外想听到什么，又听不出什么。房间里面有窸窸窣窣的声音，像是一个女人的叹息，不能够确定又不想再仔细探听，一个自诩有着充分魅力的中年男人，还不太情愿变身油腻猥琐大叔。但那个声音足够响了，住在里面的人并没有入睡。黎川忍住好奇，也忍住了关切。这个点了，唉，我不是也醒着嘛。第三天，黎川不是睡不着，而是压根不想睡了，他把手机闹铃调整到深夜两点，喝了一大杯美式就这么干熬着。闹铃还没等发挥效用，黎川早早地就"侯"在房门外了。

房内的"窸窸窣窣"变身"滴滴答答"，确认。

想到了DGSE（法国对外安全总局），这个组织在电影中有过认知。想到小奇流利如母语的法文，日常刻意掩饰假意听不懂的法新社新闻，黎川的头皮有些发麻。怎么办？这不再是好奇心驱使了，而是一阵阵恐慌来袭，这位"流浪猫"果然有来头。

犹豫片刻，决定破门而入一探究竟。惯性轻敲两下房门，接着用力拧门锁，出人意料的是，小奇这个晚上忘记锁门了，抑或是她从来对我不设防。想不了那么多，这个莽撞的漂亮男人一头冲了进去……

房间里橘色的光很暖昧，女生身着一件式内衣，玲珑娇美的身姿展露无遗，让人更加意外的是，她头戴一个Sennheiser专业耳机，一张惊愕的脸，显然是被闯进的生物吓蒙了。我两步上前抄起书桌上的纸张，电脑页面上密密麻麻的法语单词，是Transn传神公司的系统界面。瞬间就悔恨了，这是一场疑神疑鬼的误会！此刻，黎川光着的脚丑陋而尴尬……

男人的本性是独居动物，他们按捺不住"出走"的野心。再隐忍的男人，都能够在两性关系中通过"出走"这一行为瞬间扳回局势。可这次不同，这一招数没等用上，小奇优先了。

如释重负后，我终于成为时间的俘虏。

城，空了。

这个人声鼎沸、华丽典雅的帝都里，黎川成为一个卑微冷落的角色，纵有非一般的风流倜傥，也只能演一场独角的戏。手捧热饮，面对无聊的电脑屏，守住倦怠慵懒的灵魂。时常陪伴左右的，是小奇留下的Brigitte那张《Au Pays Des Candides》。

戒掉许久的烟，复吸了。烟雾缭绕中，生成的是寂寞暖昧。对住在心里的女一号说过千遍，"让我们重新开始，好吗？"扯不断的情愫，抽不完的烟，戒不断的瘾。日子终将恢复平静，如同一切从未发生过，只是小奇住过的房间保留了原样。男一号照旧早出晚归，只是无奈与寂寥中，恢复了与乐队交往，周末得空会去Livehouse演出，主唱兼吉他手。

偶尔会在午餐后开上大切兜兜风，是的，你们想的没错，黎川没有这么浪漫，他实则是假意路过那片青葱，扫一眼曾经令人忧喜的公告栏。大多时候，觉得自己很可笑，她有我的手机号微信电邮、ins一切现场通信手段，怎么可能再用这种复古悬疑的方式通联？

每天早起，依旧是听着法新社播报，喝大杯卡布奇诺吃一只PANINI，换季时从奢侈品店订购限量款。只是，艺术影院办的年卡中断续费了，无人陪伴，一个人坐在漆黑中旁观他人的生离死别，怪怪的……对，是这个词，怪怪的。害怕电影散场，一簇簇热烈的文艺男女中，形单影只的孤寂感。这期间，当然会有外形条件不错的女人向黎川示好，但是很遗憾，他的口味已经被那只"流浪猫"喂养的浓郁了。

毕竟是有过同住同修，同缘同相，同见同知的情谊。但，这似乎没什么用处。一切交友软件，小奇头像夹杂在长串联系人中只是个记号，她永远不在线的。我试着写过一封长信mail她，但语焉不详到自己都不清楚想表达什么，还有什么能让一个沧桑过后的中年男人无法释怀的。爱就爱了，可似乎还够不上。散就散了，却让人总有惦念和悔丧。

外派米兰出差时，给小奇买了一只chanel2.55徽章限量版包，从来没给女生买过这么贵重的礼物，第一次。盒子抱回来就束之高阁，为了不落灰，我把它包裹好放进储物柜。其实，这个时候，我与它的主人失联已经超过三个月了。心里有种感觉挥之不去，我们迟早会重逢的。

一个清晨，被闹铃叫醒。全天没有安排要紧事，看到时间尚早，手机刷新闻时下意识点开微信，有一个陌生女人申请加我好友，嗯，看头像还很年轻，模样无须描述，不太关注这些，这些照片要么是P过，要么非本人。我一般不加陌生人微信，但她的留言看上去十分有趣。

Demain à 15 h, East Chang An Jie 1, voir Oriental Plaza Grand Hyatt.Tu viens ou pas, j'ai juste attendre 40 minutes.

明天下午3：00，东长安街1号，东方君悦酒店二层宴会厅。你来或不来，我只等待40分钟。

留言是法语，此刻心跳开始加速，我迅速点击加了她好友，对着手机语音"Bonjour, mon ami. Elle a quelque chose pour moi？"（你好，她还有其他什么话带给我？）对方沉默……等待约两分钟后，进入她的朋友圈想获取一些信息，是意料中的一片空白。

北京的秋，短暂而美妙，"One night stay"，不论你爱或是不爱。这一天，黎川穿上ARMANI宝蓝色短大衣，暗纹西裤，棕红色皮鞋，与往常略有不同的是，他戴了一顶黑色毛呢圆帽，显得年轻活泼些。

凭借"陌生女人"发来的电子邀请函，轻松过了安检进入会场。整洁洋气的冷色调，发言席上预留两个席位，正中间一捧白色香水百合。远远望去才发现席上有两个名牌，一个是英文，另一个是中文……"单小奇"，心里冷冷的，这算情理中吧，装了这么久又玩消失，还是按捺不住要现身了。

在会场的后排落座，若无其事的扮成一位媒体人。

3点整，新闻发布会准时开始，一位中等身材的外籍男子率先走向发言席，身后隔了几步，一位苗条俏丽的年轻女孩跟随其后，深灰色修身西装套裙，一双christian louboutin，其实没有什么悬念，一个人骨子里的习惯很难灭迹，小奇喜欢用奢侈品，不是追求物欲炫耀什么，这是她的生活方式。短发微烫过，精致的妆容，多了份女性的妩媚，只有眼神还如往常一样，只有置身事外的清冷……这是一款清洁能源车的新品发布会，外籍男子讲英文，她先译中文然后是法语，随后是记者提问互动，全程小奇没有笑过，表情恬淡语速适中，展示了一位高翻的专业素养。我没看错她，法语是地道的巴黎区口音，几乎听不出来自一个东方面孔。

对着"陌生女人"发去信息，"会后我在酒店一层咖啡厅等！如不想见，就自己去前台把寄存的礼物取走。"看着手机屏上一片空白，心里不由叹息，人这一辈子，想认清自己不容易，难的是自我清晰后，又迎来对手的混沌。爱情，是一场势均力敌的较量，而在这场关系中，你们的男主黎川显然失去了制衡的能力。

一大杯美式就要见底，大约等了30分钟，发布会已结束了20分钟，看来两眼只能盯住手机屏了。一支烟的工夫，手机发出滋滋声，微信提示。

"黎川：我是小奇，很高兴重逢。也许你心里会有一些想法。其实，真相往往没有想象中那么复杂。我装作无意间走近你，从一开始就没有想停留的意思。当发现对你开始有了些许眷恋，又不能全盘接受有一个人闯入我的生活，于是，我消失了。今晚的航班，我飞去巴黎就读文学博士。此刻，我不想说出感性的话，只道一声珍重吧，要照顾好自己。也许后会无期，但相见无悔。"

接到这样的结果，远没有想象的那般自若，相反，我的心里即刻充满了恨意，说不清是恨什么，以为自己早已"百毒不侵"，却被一个企图平等的灵魂击中，伤感如剥茧抽丝，潮水般袭来。不要那么残忍好吗？如果悲伤，那就让它来得更猛烈些吧，黎川是一个不折不扣的loser。

"先生，你好，有位女士想跟你说几句话，她过来坐可以吗？"抬起头，是咖啡厅服务员。恍惚间点头示意……一米以外，身材高挑的长发女孩与我面对面相对而坐。一眼认出她，微信里那个"陌生女人"，唇红齿白古典美人的模样，挂着不卑不亢职业化微笑。

她娓娓道来，向我诉说发生在小奇身上的故事。小奇在外派法国高等专科学院就读硕士期间，与自己的导师，一位法国文学教授发生畸恋，未挨到毕业患上了轻度抑郁，教授与妻子办理离异手续期间，闹了些不愉快最后还是勉强复合，把心存幻想的小奇抛在半路。她不用唇膏是有原因的，情人的妻子凭借遗落家中的一只咖啡杯上的口红印记做了文章，导致社区舆论对第三者不利，最后，她不得已放弃预设的学业，仓皇中逃离。

而小奇为什么对我有一定的了解，为什么会选择在圣诞前夜走近我，就一点也不难理解了。我的母亲曾经在她就读的学校任职交流学者，而小奇当时的恋人为她写了推荐信，顺理成章做了母亲的助理，日常细碎的交流中，她渐渐接近我的原生家庭，我的思想和喜好，这个聪明的姑娘早已入驻我的灵魂。

离开咖啡厅，已近黄昏。

果然，寄存在前台那只Chanel，已经被人取走，问了服务人员细节，确认是小奇本人。她还留下一句话给我，"谢谢你的礼物，我喜欢。"故事进行到这里，很明显的，不再有悬念了，至少对黎川而言，这朵生命中不大不小的浪花，经历过湿润过感受过足矣。

农历新年即将到临，过了小年，北京的空气中稀稀拉拉开始有了年的味道，公司的业务基本进入休整期，同事们度假的回家的都走了，留下几个人值班。而我呢，也会与乐队密集的去五棵松Mao livehouse 演出，时间长了，也囤了一些粉丝迷妹，以至于每次演出结束，只能从后台后门迅速离开，实在不愿与这些年轻的冒着傻气的，莫名热情的年轻异性交流。

　　大年二十八临近子夜，四首歌曲后，我跳下舞台，休息室里想冷静一下消消汗再走。Bass扬手递来一杯Crown Royal，友好地笑着推开了，从包里面取出自备的苏打水仰头牛饮……忽然，感觉后背有人轻拍，举着水瓶还未来得及转身……

　　"Salut, beau gosse, bonjour"

　　（嗨，帅哥，你好）

　　这个曾经熟悉的，带有轻微颓废感的柔弱声瞬间击中了我。你们懂得，幸福，它来得好突然。

2017年11月8日　凌晨3：40北京完稿

庸常的国庆假期，因叠加了中秋节变得超长。在辜负了一整天京城十九蓝后心里有点慌，想趁假期做点有意义的事情。恰逢此时，阅读了一篇纪念法国女作家弗朗索瓦丝·萨冈逝世13周年的纪念文章——《你好，忧愁》，18岁女孩萨冈用时两个月创作而成的小说，出版后即拿下法国"批评家奖"，在五年内被翻译成22种语言，畅销500万册。

关于爱情和青春，萨冈在书中借主人公塞茜尔之口说出："在这种陌生的感情面前，在这种以其温柔和烦恼搅得我不得安宁的感情面前，我踌躇良久，想为它安上一个名字，一个美丽而庄重的名字：忧愁……今天，我心中好似展开一匹绸缎，有什么东西在轻柔地撩拨着我，使我遁离了其他的人。"战后的法国年轻一代读起萨冈的书，大概就如同我们听到朴树的《我爱你，再见》的感觉。渴望优雅和浪漫，期待撩人和冲动，却常常在不经意间被忧愁轻轻地击中。

早在2009年，笔者就有了文学创作计划，故事框架清晰，只因顾虑文字驾驭力不足而搁浅。中间也有不甘心的时刻，特别是与人生偶像严歌苓老师两次晤面交流后，以仰慕之姿，认定严老师拥有的生活形态才是心之所向、素履以往，而非亲友所企盼的仕途畅达。

生活中朋友不多，微信朋友圈子只有固定的

写作如一次危险的外遇，爱情只不过是用来摆脱世间的孤独

148人，或者说是148个"席位"。两年前，看到一篇介绍社交媒体的文章，特别提到150定律（Rule Of 150），即著名的"邓巴数字"，由英国牛津大学的人类学家罗宾·邓巴（Robin Dunbar）在20世纪90年代提出：受智力所限，大多数人只能与147.8人建立并维持实质性关系，四舍五入大约是148人。当熟人社会的人数一旦接近或超出邓巴数限制，该社会就会发生分支裂变。

读完这篇文章，下意识看了自己的微信联系人，不多不少恰巧148人。于是，决心不再随意扩展，如果必须要加一个，那么过往联系较少的就要减一个。

同时将朋友们的社会属性分类，发现共有六个小圈子。体制内走仕途的居多，其次是IT，金融，传媒（新闻、时尚），文娱(影视投资、创作、评论、艺人经纪)，文学创作与出版。日子两点一线很平淡，繁忙工作之余除去读书，消遣的方式无非是观影、看剧、听音乐会，用惯了电商平台逛街都省了。但是，生活总是高于艺术，它终会以出其不意的方式为庸碌添加些色彩。

2017年夏，出版社好友发来邀约，夸赞我的文笔雅丽，可以考虑将文字结集出版，听闻后只一笑而过。怀着谦恭的心面对世态，始终有着清醒的自我认知，但若下决心落笔，故事的选题定要顺应市场热点且有挑战性，我不愿写纯情文艺的鸡汤文，再三思量后认定两个文体是有相当难度的，一是伤痕情色，二是古装魔幻。日后与国内著名电影导演、编剧金也老师聊天时提及这个话题，他亦认同这是国内文创群体公认难度系数较高的两大文体。于是，浮想联翩后，"两弊相衡取其轻"，决定始于相对容易的"伤痕情色"。

落笔时，常常想起严歌苓老师倡导的"情景再现"手法，强调"即视感"，读者在阅读时脑海中浮现出生动的人物景致，进而顺利完成情感代入……但毋庸置疑，这仅仅是笔者利用闲暇时光写下的一个故事，没有特别的意义。我对自己唯一的要求是写什么要像什么，故事真实意趣，每一位读者均可沉浸其中找到自己的影子。

10月3日午后顺利写下第一个段落，之后埋头写了三个小时，傍晚时稍事休息，晚9点继续，到子夜时分已顺利完成1万字。因文体的特殊性，于笔者的生活履历而言是有挑战的，每天都会用简短文字记录创作心得。

10月4日

"好友是中文系毕业的资深媒体人，昨夜一口气读完小说开篇万字给出评价，"在情色小说中你的文笔是优美的，大多小说仅仅是露骨的赤裸裸的'色节'，多是有色无情，而做到情色兼具才算上品……"讲真，得到鼓励很欣慰，但写作的过程始终是拧巴的，一是难度远超出想象，男性第一人称执笔，本身即是挑战，大段流畅的白描后，一到两性关系叙述就举步维艰，不同阶层、人物，动态静态都要区分开来，几个两百字的色节段落用时均超出30分钟，不想拽词儿，可看着满屏的露骨低俗，又跟自己较劲过意不去，端出优雅不知该往哪里落脚，安放总要恰到好处，否则就是一手持矛一手拿盾。

此外，伤痕文学创作的确容易心生阴郁，男主碎片化的感情生活中，悲剧不断重演，一次两次三次，作者颤巍巍手捧一颗玻璃心，到最后干脆把心打碎了写，初设定的若干女性角色都是欢喜开局悲情结束，男主要被骂惨了。但从男性视角看，不夹带任何偏袒，他又是很完整的无辜。执笔时刻自己应是客观的，从性别意识中勇敢跳脱出来不偏倚、不摇摆，褪去道德底线的束缚，只是单纯码字陈情。沉沉的夜里一人独享寂静，眼望满屏白底黑字，心中盛满了创作者应有的葱郁。"

接下来的困顿是预设中的，但远比想象中还要艰难。第一章初恋女友韩雪顺利过关，第二章男主与失足女苗苗的交往，动静态的色节描述难倒了笔者。当年自己为领导撰写数千字代拟稿，也只用时一天，心态松快甚至不会耽误晨起散步、采买。而这一次，是把自己倒逼墙角了。多年前香港名媛章小蕙，钟镇涛(温拿五虎阿B)前妻接拍过一部限制级影片，被媒体曝光在片场哭个不停，后来接受采访才得知，章小蕙出身富裕家庭，与阿B炒房破产后身负巨额债务，为偿债和负担子女高昂学费不得以接拍情色电影，可惜，初涉大荧幕非科班出身她真的不会演，一次次N机后很难让导演满意，这一桥段看似与笔者书写苗苗并无比拟性，但细细想来却有些共通处。

10月5日的文字记录可见一斑：

"苗苗这五千字着实难写，一整天焦躁不安。相隔甚远的生活方式和社会阶层，写着写着就要停顿，两百字要蹭磨一个小时，看着满屏的低俗露骨自己都腻歪，这个女人还差两千字完事，浑水区尽快趟过去，恭迎冰清玉洁女一号，还有改头换面的禁欲系男主。别再强调写什么都要体验生活了，出生在幸福家庭的富家女萨冈，18岁完成了畅销书《你好，忧愁》，23岁从未有过恋爱经验的张爱玲出版了代表作《倾城之恋》，我写苗苗也是闭门造车。上次见到严歌苓老师，她说到进入创作状态后一天能写八千字，很真切地体味到她的优势，我头不梳脸不洗，两顿饭之外，一天时间都扑腾在这个让人怜悲恨的女性身上，今晚十点前必须完成量的目标，别老想给她拽漂亮词儿，干点啥都是自愿的没人强迫。"

最终完成的第二章节，被出版人和部分读者誉为是通篇最出彩的。情景安排之精妙，色节描述之写实，使得笔者回看时都有惊诧，冷笑着调侃自己不愧曾为单位"一支笔"，八股文写作驾轻就熟，通俗文体也不落旁人。好友阅后直接在手机里删除处理，说怕影响到上学的孩子。一起探讨时，她雅笑着惊叹色节描述之细腻和直率，笔者也坦承，首次执笔伤痕情色文体，尺度还把握不好。同为文学青年的她表示钦佩，能将色节处理到位也是炉火里练就的本事。

与她细聊起这"本事"的由来。我从未读过奇书《金瓶梅》，但是研读过作家刘心武老师的《细读金瓶梅》，了解色节描绘并非作者随心所欲，这其中涉及的学问颇深。例如西门庆的诸多女伴中，与男主幻生爱情最为接近的是李瓶儿。男主与她，和与其他女伴的性爱描述一定是不同的。单讲一个体位，男人与心上人的第一次性行为，一定是面对面的，过程中他要时时观察伴侣脸部表情变化，恐她有不舒适的感受。所以，读者在我的小说里同样可以看出，男主黎川与初恋女友韩雪的交往描述中，多是因较劲和报复产生的快感，但他依然认同对女友的感情，从而主动维系了四年恋情的忠诚度，正因如此，在他提出分手后，女友只是心伤遗憾，并未对这段交往心存痴怨。

第二章开篇，就是苗苗的床戏，对男主百般阿谀讨好，这个女性人物以主流价值观的视角看，似乎有一定特殊性。人很精明做事情动机明确，一味想依托与男主的两性关系，在原本不属于自己的社会阶层构建起个人的社会属性。既然女主是以性吸引为唯一资本，那么这一章文字描述中，色节文字无论如何是绕不过去的。苗苗日常以此为生，脑瓜又聪明，她自然明白男主在生理上的递进需求，从而在交往中把握他内心脆弱和身体放纵的特质。但不论怎样，这种一厢情愿式的搭建，如同飘摇的空中楼阁终将幻灭。

提示读者几个关键词。"地毯""可乐"和女主们的发型。这些个伴随我们日常生活的词语，在每位女主的章节中均会涉及，前后呼应且意味不同。小说初命名《嗨，帅哥，你好！》后改名《颜色》，这看似庸俗的初用名也是有讲究的。前年夏天，笔者去医院眼科手术，现实生活中的"黎川"去医院友情探视，在等待笔者办理出院手续时，一位病友，当然是女性，且是一位身材高挑丰满的年轻女性，大约30岁的样子，身着病号服走了过来，轻拍搭讪"黎川"，就是用了这句"嗨，帅哥，你好！"。我落座一旁装没看见，但从男生的窘态，女生发现情况不妙转移话题的自如随意可以看出，若不是有位熟人在侧，他们至少当场微信互联了，假如这位女生术后康复情况较好，把他引诱滚上床单的速率应该足够快的。要不，国内摇滚乐圈子怎么会有"果儿"一词呢。而他们的初识只是女生悻然扭身走掉了，男方对着她的背影说了句："都病成这样了，还那么色情"。你看，"黎川"们天性不羁，他们的体内定是散发着一种特别的味道，而这种味道普通异性感受不到，只专属于"果儿"。诚然，那是另外一个世界的价值观，两性交往中的"你情我愿"是这个世界的主旋律。而男性的这类行为，通常会被某些社会组织警示为"不主动、不拒绝、不负责"。在笔者看来，又实在不能以女性天生弱势为由将责任全部推给男方，一个巴掌拍不响。

10月6日，我则记录下这样的创作心得。

"小说的深意在于揭示社会阶层的对立性，生活在底层的小人物，同样有向往和追求美好生活的权利。两天的写作历程中两性关系的描述最为艰难，每个女人在男主心中地位不同，文字所呈现出的心理、场景描绘都是分层次有差异的。初恋女友、中文系才女韩雪被分手后，依靠学识和职业带来的社会地位迅速组建家庭，过上稳定的中产生活。失足女苗苗以身体为资本放手一搏，得不到虚幻的爱情，又无法跳脱出来完成自我救赎，她才是小说中真正的悲剧人物。

所以，敏感段落的描写在这一章节是必设的情节，初次见面点燃激情，之后是女孩百般柔媚迎合讨好，男主理性思索后疏远逃离，两年后的复燃契机，苗苗拿捏住他的生理喜好与软弱心理，以全新的感官享受再一次引爆男主的身心欲望，短暂交往后苗苗欲求公开恋情，得到正牌女友的呼应，男主坚守内心绝不妥协，在两个多月的拉锯震荡、若即若离的暗黑较量中，苗苗丧失理智最终酿成悲剧。这章写得吃力，执笔的过程内心拧巴着极不舒适，看来多年后笔者的心智和文字驾驭力仍然没有精进。"

10月7日

"又是停顿，开始查阅资料。政治学专业的学生执笔小说，一定会落脚到社会意义，揭开那个华丽丽的袍子，正视底层一路向上攀爬的艰辛痛点。同为怀揣梦想，从小地方来帝都寻梦的年轻女孩，韩雪依靠学识、恪守原则和清醒的自我认知，在意外落掉看似完满的初恋后，依然强劲反弹迅速找到适宜的归宿，过上令人羡慕的中产生活。而以性吸引为唯一资本的苗苗，放弃了自我救赎，在生存的灰色地带徘徊多年，紧紧抓住视为'救命稻草'的男主，意图依附他人得到升腾，享有漂移失重后的落地安实，爱情的幻象下是虚妄穿越阶层车厢声嘶力竭的捶门声，如同威廉·派伯斯特镜头下的风尘女露露，街头路遇沉默而英俊的男人，那一句'我不要钱，我爱你'……但留给观众的，依然是悲剧重演的惋惜。昨夜，苗苗的章节终于封笔，笔者的心态亦有细微的变化，由最初落笔的艰难，轻蔑后的心痛与怜悯，完结后的自愈。年轻的女孩，不要轻易视肉体为利器，没有用的，一个稍稍清醒的男人，都不会为一个被主流社会摒弃的失足女，去做那个勇敢的开门人。"

10月8日

第三章女主小奇的故事由来已久，大约在2010年秋就构思了情节框架，周知的原因没有动笔，却成为一个未了的心愿。如今借助小奇的力量，让男主黎川有了澄净和自我救赎的机缘，还原出生活本真意义。这一章节开篇时好友笑议，笔者会不会让自己化身为女主原型出现？我则回敬："长发大眼肤白貌美的乖乖女吗？No，小奇是一头蓝黑色短发，初次相见是中性装扮，借一位名人形容下她的相貌特征，影星周迅……"，这番话让人心生疑窦，自然对下文很是期待。

第三章的问世，曾让看过前面两章的少数读者"心神荡漾"，待完成大半情节时，有位读者遗恨地打趣道："唉，以为第三章色节部分会很剧烈，结果啥也没有嘛，手也没拉就爱上了，你怎么想的？"

"禁欲系，懂不懂？是柏拉图式的精神之爱……"

那么，读者会问，以笔者喜爱与自己较劲的个性，第三章总会有特点吧，或者说预设的看点是什么？没错，尽管不愿承认，但这一章的架构初衷是心理悬疑，成文后发现只是在营造氛围加炫耀文笔。尽管自己一而再再而三的强调，文学写作不是炫技，而是笔者价值观输出。写到这里，通篇氛围是灰色的、清冷的，恰如深秋后被雾霾笼罩的帝都。好吧，灰色，可以从另一个角度解读，它是高级灰，务实而又坚定。如果说初恋是高洁的白色，与女伴的放纵是绚丽易碎的红色，那么，男主黎川最终拥有了踏实的灰色，这也是凡人生活中最为真实的色彩。

　　10月18日，故事进入尾声，一个午后跟小闺蜜讨论了一会儿，说东说西的，最后落脚到国内摇滚乐手的情爱观。然后，笔者整个人都不好了，下午忙完公务想码会儿小说，脑子也不听使唤了。她描述得很直接，却又不失客观，"一般情况下，男人与异性发生两性关系前会考虑后果，至少要脑补一下会不会有麻烦缠身之类。而摇滚乐手的出发点是这样的，架构在你情我愿的关系之上，也许还是你主动上门的，我支出了体力，如果说谁欠谁，那只有'果儿'欠我的。"

　　"果儿"这种生物存活的基因，或说诱因是什么？如同导致皮肤过敏的敏感源，如果能找到，就一定要隔离切断，这不仅是个人价值观的取向，这种行为是反社会的。世上真有这么一个群体，向往并以拥有放荡不羁伪"自由"的生活方式而自居自喜。不论男女，尘埃一样空中飘荡寻求刺激，这样的生活能持续多久呢？这部中篇容纳力有限，后面也许会为女三号苗苗写个5000字番外，当然我会试图再次挑战，以女性第一人称落笔。好友再次强调，这将是吸引她下单购买的"最后一根稻草"，大家都是对未知好奇吧，这才是男主黎川的劣根所在。

　　"真相是我脑子里所想的最后一件东西，即使有这样的东西存在，我也不希望它留在我的家里。俄狄浦斯去寻找真相，当他找到时，真相摧毁了他。"是的，人生所有的堕落和讥虐，到头来都逃不过悲凉。看似被伤害的是女人，最终被反噬的还是自己。好吧，我已尽力放低笔触，想在字里行间多几分善意和美好，就如萨冈所述，"写作如一次危险的外遇，爱情只不过是用来摆脱世间的孤独"。

2017年11月15日晚8时，北京

PART C

小野

冬日午后，蓝色港湾的西西弗
书店，熙熙攘攘的人群中，大多是衣
着清新靓丽的年轻女孩，她们簇拥着
结伴而来，左手端着杯咖啡，右手牵
着女伴，一幅活色生香的好画面……
看在眼里我很感动，想为这份同性间
的友情、为年轻的女孩们写下一个故
事，于是就有了这篇《小野》……

01

　　从浴室出来，小野头痛减缓了。她对着镜子开始化妆，锁骨上面那块暗紫色胎记在镜中愈发刺目，取了粉底霜仔细涂抹在上面，好像试图掩饰什么，这块蝴蝶形状的暗紫色亲密陪伴她二十六年，已经是身体的一部分，可以熟悉到视而不见，而今天看上去它又是那样令人不安。小野有些心灰意冷，放弃了涂抹，转身从衣橱里翻出件高领毛衫套上，眼不见心就不会烦吧。没有心思再打扮，穿上羽绒服走出家门，一阵阵冷冽的北风劈头盖脸吹打过来，小野戴上帽子紧缩身体，回头望了一眼租住的居民楼，那是一栋比自己还要年长的老式楼房，灰蒙蒙的外墙面已看不出原本的颜色，这里杂居着许多像她一样的北漂族，过道里面乱哄哄堆着杂物，一年四季弥散着浑浊的气味，也许这才是生活原本的味道吧。"哼，袁牧野，你就是个盲流，住在这种地方，还敢抢人家Helen的男朋友，真是不自量力，活该你丢了饭碗。"小野心里自嘲，她是真看不起自己。

　　临近元旦，再有一个月就是春节了，前几天妈妈打来电话问她什么时候回家，爸爸的风湿病犯了没人照看，弟弟上高三正是功课紧张的时候。"妈，年根了我工作忙回不去，钱我转给您。"挂上电话，她给妈妈转了2000元，失业一年了，小野手头不宽裕。"死要面子活受罪"，她在心里狠狠地骂自己，快走几步扭身进了街边的一家面馆，两顿饭没吃肚子已经闹起了意见，要了碗阳春面，汤面一口气吞咽下去，身子暖和起来情绪也好了很多。走出面馆，她把那件一字肩的粉红色针织裙送去干洗店，这件Moschino是她最昂贵的衣服，简洁优雅的款式衬得她柔美娇媚，更重要的，还是那个人买给她的礼物。小野想起那双温柔的会放电的眼睛，甜甜地笑起来。

巷子深处的成人用品商店装饰了圣诞花饰，小彩灯大白天还在闪呀闪的，看来老板昨晚没少赚钱。小野在窗外傻傻地站了一会儿，楚雄在欧洲生活多年，他是最重视这个西洋节日的，平安夜他是与哪位佳人共度呢？去年的这一天，自己喝醉了在他怀里"共舞一曲"，那是记忆中最幸福的时刻。她下意识地抚摸了锁骨的位置，心痛了一下眉头紧蹙起来。

小野走出巷子在大街上闲逛，这是北京冬天温度最低的时候，零下十几度没有下雪，干冷干冷的，粉色的塑料袋迎着大风在枯树枝上摇曳，她若有所思的在柏油路上走走停停，脑海里浮现的是昨晚在Helen家里的平安夜派对，那一屋子的绅士丽人、觥筹交错……大学课堂上，老师讲过一句形容发展中国家国情的俏皮话，"我们某些地区是非洲与欧洲同在"。嗯，不论穿行在"非洲"还是"欧洲"，自己都只是一位过客，从来没有过真实的存在感，窘迫得像个未经世面的孩子。

小野不会喝酒，红酒饮一杯就面色绯红脚底发飘。她看得出Helen姐姐一直在照顾她，怕她拘谨尴尬还找了小姐妹瑶瑶全程陪着。午夜的喧闹后，瑶瑶把她安顿在书房的沙发上休息，那份好奇心带着酒劲儿醒了大半，Helen姐姐学贯中西，参观她的私人书房是一种享受，两个特制的原木色双开门书橱，左边全是英文书，右边是中文的。小野英文过了六级，她看得出这些都是原版英文书，大多是哲学、文学和金融学。而中文书有些古怪，古体线装书占据足足一半的位置，看样子有年头了，弄不明白她为什么喜欢看这些，还是纯属收藏纪念。这一屋子的书，让小野观赏了好一会儿……直到她的视线停留在那本滋维·博迪的《投资学》，英文原版，米黄色带着花纹的封面是那样眼熟，一时又想不起在哪里看到过。

两个书橱中间有一个暗门，她索性拧开金色的旋转式门锁，推开门进入，尽管这有点不礼貌，但是对Helen生活方式的好奇再次驱使了她。里面是一个装饰了淡金色壁纸的小房间，四四方方的足有六个平方米那么大，粉红色的木柜子全透明的玻璃门，原以为这里会是一个衣帽间，盛放着Helen的衣品，结果眼睛直勾勾地看痴了，三个橱柜中陈列着几十只Barbie，都是全球限量版的，那只意大利系列的Dulcissima，中文名昵称"小黑"，还有JasonWu与WAROVSK的联名款，全球只发售三百只，是啊，自己认识她们，但并没有拥有过她们，这些名雅贵重的娃娃，小野不配拥有。

不争气的是……几分钟后眼泪还是止不住地流下来，那种懊恼、伤感和耻辱混合在一起，几乎在瞬间击垮了她，从小声饮泣到悲恨交织，她用力咬紧下唇不让悲伤四溢惊扰了这平安的夜晚，控制住情绪后，关了灯悄悄走出书房，去厅里取了大衣和包包，不动声色地夺路而逃，走出公寓打上一辆的士，才拿出手机给Helen发微信：我有点累了，先走了，谢谢姐姐的招待，你们玩得开心，圣诞快乐。

02

楚雄祖籍南京在北京长大，南人北相，母亲是中学老师，父亲长年驻外只有节假日回家，他从小是被长辈放养长大的。楚雄大学毕业后出国留学，所选专业是软件工程，五年拿下博士学位后回国创业，那时国内IT产业方兴未艾，他靠着海外留学经历和父亲的权势人脉，很快创办了一家门户网站，事业做得风生水起，有一位相恋多年的女友郑雅，他们的相识颇有戏剧性。

那时郑雅任职于一家私募基金，下班后在单位附近的书店闲逛，当她浏览到财经类区域，一本滋维·博迪的《投资学》吸引了她，伸出手取书，却被更加白皙修长的手抢先了一步，抬起头，目光遇上一张英俊的脸。

"Lady first"，男士把书递给她。

女生礼貌地摇摇头，"谢谢，不好夺人所爱。"

"没事，我可以上网买。"

"还是你拿着吧，我有本英文的。"说完她喝了一口手里的咖啡，转身走了。

就在这一刻，楚雄看清咖啡杯上的手写体名字"Helen"。

男主女主初次邂逅没有留下故事，转身即逝。楚雄只是在心里有点诧异，年轻女孩子大多是各式披肩长发，直的卷的，但都喜爱长发飘飘，这位五官精致的Helen，却留着少有的齐耳短发，一件藏青色连衣长裙，脚上穿了双玫红色平底鞋，身材修长娉婷。还有，那双有着长睫毛的大眼睛并不爱笑，娃娃脸上一幅礼节性的淑女表情，高冷地与人保持着距离。自己接触过的女孩大多是热情亲切的，不谦虚地讲，仪表堂堂的男人在异性那里总是受到优待。

她能读懂原版滋维·博迪，到底是做什么的？严格来讲，楚雄不是一个好奇的人，也许就此陌路一生。

临近年底，原创网络文学一时兴起，各大门户网站都开设了文学频道，基于BBS论坛和聊天室的电子信息服务系统很快热起来，为抢占先机，楚雄带着几个联合创始人和技术团队开始封闭开发测试。500万天使轮投资很快见底了，互联网公司初创阶段就是一个特点——"烧钱"，半年内网站要依靠新开发的模块功能拉新千万用户，才有可能拿到理想的A轮融资。

北京郊县的宾馆里，十几个男人一起吃住劳动，一个个胡子拉碴不修边幅，好像又回到了原始社会，只有总裁楚雄不同，他每天依旧衣着齐整，浑身上下都散发着淡淡的古龙水味道，技术总监林翔总是拿他打趣，"嗨，哥们，钻石王老五也算王老五吧，捯饬这么香喷喷的有什么用呢？"

楚雄摇摇头，"靠，一群光棍我是领头的，为了创业，几年没谈恋爱了。三十而立啊，弟兄们要好好干。"

"小伙模样这么精神，就是一行走的荷尔蒙，想找个女朋友还不容易吗？"林翔故意走到楚雄面前，脸对脸左右打量。

楚雄一把推开他，"我去，别让人误会啊。"

"误会什么？"

"林翔要出柜。"工作间一片爆笑声。

"今天我把话立在这儿，公司一天不上市，我就不会结婚。"

"楚雄你可别嘴硬，不结婚，那女朋友要找吗？"

"找啊，不然你想憋死我。"笑声更响了。

元旦、春节，年轻的码农都是在封闭开发中度过的，没有休息日，没日没夜地敲代码、测试更新、碰头研讨，正月十五这天，宾馆餐厅煮了两大盆元宵，吃完元宵，封闭开发宣告胜利结束，楚雄给团队每个人发了个万元大红包，让林翔带队回城了，他一个人开车去附近的十三陵水库散心，隆冬的京郊光秃秃的没什么风景，在水库边上走走理理思路，互联网技术发展日新月异不进则退，作为公司创始人压力很大。

楚雄给家里打电话聊聊家常，爸爸关切地问他融资方面还有什么困难，可以出面找关系协调，被楚雄拒绝了，公司发展走得是市场化道路，B2C的盈利模式暂时不需要行政资源助力，A轮融资问题不大，他已经谈了一家颇有实力的基金公司，春节后工作团队进驻尽职调查。

03

4月中旬，基金公司派来的尽调小组已进驻两周，一共五个人，带队的是一位看起来很年轻的女士，投资经理郑雅。她总是一副丝文刻板的样子，金丝边近视镜，齐耳短发，黑色或灰色的西装，背着式样不同的香奈尔包包，都是黑色的。在与创始人团队单独谈话时，郑雅只是提问、倾听与记录，表情始终是严肃的，问题独到刁钻且不容辩解，不然等待对方的将是更深的"深渊"。三周后，尽调报告即将出炉，结果可想而知，楚雄心里很忐忑，基于这家基金的行业权威性，如果领投基金给出的A轮估值大打折扣，意味着创始团队将面临股权稀释，这将为今后B轮融资甚至纳斯达克上市留下隐患。

楚雄从小是学霸，学业和创业一路走得很顺，他坚信自己和团队的实力。楚雄给郑雅打电话，请求私下聊聊，对方一开始婉拒，怕涉嫌违规，但耐不住年轻的总裁软磨硬泡，提出可以找个大众咖啡店坐坐。楚雄去排队买咖啡，郑雅坐在一张小圆桌旁等候，男生将咖啡递过来，郑雅愣住了，纸杯上面写着她的名字"Helen"。

"我们之前有见过吗？你怎么会知道我叫Helen"？

"那本滋维·博迪的《投资学》，还有印象吗？"

女生似乎想起来了，点点头……

"那好，郑经理，不，Helen，我开门见山。这次的尽调结果恐怕不尽如人意，能否就几个关键点我们探讨一下，或者说我想再争取一下。"

"楚总，坦白讲，今天我与你坐在这里，已经是做出了让步。公司和管理团队背景，业务以及产品情况，我会力主给出乐观的评析，但你的财报不好看，这个谁也没办法。至于后台数据，流量是可以人为操控的，这一点没什么好聊的。"

"亏损是由公司新的业务拓展导致，是互联网公司发展中的亏损……"

"这个我比你更清楚。"

"那落在纸面的内容，还能不能通融一下？"

"楚总，我们既然谈到关键词，尽职调查的关键词是'审慎'，而这份报告我和我的同事将力求做到'客观'，你懂的，这两个词之间还是存在差异的，我们会尽力而为。公司派我来牵头做这笔业务，就是看中了我的经验、专业与公允，投资人的权益就是我的立场。"

楚雄低下头，两只手交叉在腿间，气氛有些尴尬。

"楚总，不如我们换一个角度看，如果A轮估值过于理想，那么公司B轮融资将面临什么，你是清楚的。饮鸩止渴，只重眼前利益对未来的发展是没有好处的。好了，如果没别的事情，我想告辞了。"

楚雄礼节性地起身送别，郑雅露出温暖的笑容，"不用担心，我说过了，上交的报告尽可能'客观'，立项应该没有问题。投资人看重的是互联网在人口大国的发展红利，创始人团队整体还不错，但毋庸置疑，估值做不到位，股权被稀释是难免的。好在A轮领投与跟投基金不一定是同股同权进入，你们还有些斡旋的余地。"

女生说完起身就走……

"Helen，谢谢你。"

"不用谢，创业艰难，开疆辟土不易，资本是所有IT创业者的必经之路，但真正能够成功的，却是沧海一粟，祝你好运。"

"借你吉言，相逢者必再相逢。"

八个月后，元旦前夕，公司A轮成功融资三千万美金，股权释放15%，这是一个皆大欢喜的结果。公司包下首都北郊一个度假山庄，全体员工带着家眷集体庆祝，楚雄特地给郑雅递去请柬，诚意邀约她来放松一下。

庆功宴当晚大家玩嗨了，男士着正装，女士晚礼服，有家眷的最好，没有的临时组对走红毯入场，互联网公司员工大多是年轻的理工男，平日里着装休闲随意，精心打扮后每个人都容光焕发帅气了许多。这一晚，总裁楚雄自然是大家眼中的焦点人物，修身西装让常年运动的好身材一览无余，风度翩翩像是古堡里走出来的王子，而他的女伴正是为公司A轮融资立下功劳的投资经理郑雅。郑经理一改往日职业装的刻板形象，头发微烫过，眼镜换成了隐形的，着一条酒红色的晚礼长裙，衬得腰肢更加纤细，曲线玲珑，穿上十厘米的高跟鞋，与王子的身高、外形很般配。

凌晨一点，大家尽兴散去，各自回到酒店休息。女生打开房间的灯，才看到套房的客厅里放着一大棒红玫瑰，手机滴的一响，是楚雄发来的微信，"喜欢吗"？郑雅飞速地跑去打开房间门，果不其然，王子就在门外。

"Helen，你很优秀，我只是一个码农，但我是真心喜欢你，那种怦然心动的感觉很美妙，能做我的女朋友吗？"

接着，楚雄从背着的手中拿出一枝红玫瑰递给女神。

女神只是神秘得笑而不语，让楚雄一时惶恐面色绯红。她看到大男孩的窘迫，绷不住了，开心地接过玫瑰，"不，你不是码农，你是农场主。"

楚雄随即给了女神一个紧紧地拥抱，"Helen，谢谢你给我幸福的机会，我一定会珍惜。"

第二天一早，这份恋情就公之于众了，两个人手挽手出现在自助餐厅，旁若无人似的秀着甜蜜，楚雄寸步不离郑雅，视线总是不由自主跟随她，郑雅大大方方接受着楚总裁的关照，春天进行的那场尽职调查已经把这个人，以及这个人创办的公司背景查得透明了，楚雄是在传统家庭长大的，国外接受教育多年，但本质还是个理工男，做事细致严谨，是典型的完美主义者。

这段恋情来势迅猛且毫无先兆，似乎女方接受得有些草率了，抑或是两个人一直心有灵犀。其实郑雅空窗已经有三年，前男友是读研时的同学，毕业时他选择回家乡发展，两个人都接受不了异地恋，毕业就分手了。过完年郑雅就年满二十八岁了，她的婚恋是全家人的心病，感情上慢热，对楚雄虽有好感但谈不上眷恋，为什么会当即接受他的求爱，也许是因为女孩子的虚荣吧，那一刻她觉得这个男人很性感，身体里冻结许久的多巴胺被唤醒了。

/04/

转眼间已是五年后，郑雅三十三岁了，公司没换只是职位节节高升，她与男友感情稳定，两年前在东三环买了套两居室的公寓，一人独居，男友周末会过来陪她。这期间，楚雄的公司迅速成长为国内垂直领域龙头，其率先开发的社交平台得到了年轻网友当然还有资本的追捧。联合创始人、CTO林翔已经是两个孩子的父亲，而楚雄与郑雅的婚期还是杳无音讯，林翔私下里劝过这位合伙人，如今公司发展态势良好，可以先解决一下婚姻大事，女朋友年纪不小了，是不是可以让人家安心生育呢？话题到这里很难再深入下去，楚雄不愿提及这些私事，他有自己的人生规划，相信女友是信任和理解他的。

"公司上市有那么重要吗？再说，创始人结婚生子会影响到上市吗？楚雄你不要总是那么自信，哪天女朋友想不开跑掉了，后悔就晚了。"

"林翔，也就是你小子敢这么跟我说话。什么叫promise？在婚约的誓言之前，我为事业立下过誓言，公司上市之前，妻子的位置只能是空缺。咱俩都是做技术出身的，一起创业多年价值观也会趋同，不然早就掰了，公司现在是发展的战略机遇期，这局势是瞬息万变，一个不留神就落后千里，我压力很大，哥们你要多理解。谢谢你的好意，结婚这个话题，希望我们今天是最后一次讨论。"

林翔沉默了，他是真的担心，移动互联时代到来，共享经济的商业模式在更多的行业和领域显现，风口转换太快，传统互联网公司被资本裹挟下的新生代弯道超车是大概率，楚雄这样凡事追求完美的性格，若事业遭遇瓶颈和风险，个人情感又没有个妥当的地方安置，是非常危险的。同期创业的互联网同仁有多少健康出了问题，精神严重抑郁的比比皆是，但自己已然尽力了，既劝不了他，还是尽可能替他多分担些吧。

两人这次谈话后不久，行政部给总裁安排了一位助理，为什么说是安排呢，公司原本要为开发部门招聘一批软件工程师，这个岗位来应聘的大多是男生，人力资源部的招聘通告就忽略了性别要求，而进入笔试环节，一个叫袁牧野的女生提前交卷考了第一名，顺理成章进入面试。

开发部和人力资源部负责人一起面试，CTO林翔旁听。前面是几个男生，有工作经验比较理想，最后才是袁牧野进场。

开发部负责人问："笔试答卷时间90分钟，听说你只答了40分钟就交卷了，能说说原因吗？"

"试卷……我上周应聘其他公司时答过的，试题一模一样，没有其他原因。"

HR的表情可想而知。

"你很坦率，我们看了你的简历，北邮硕士成绩不错，毕业六个月了，为什么没有找到合适的职位呢？"

"毕业后的这段时间，我都在复习，准备国考。"

这时林翔开口了，"你应聘的职位需要常常加班，产品上线前都是通宵工作，有心理准备吗？"

"嗯，我不想加夜班，女生熬夜会衰老得很快。但眼下没有办法，我需要生活，需要一份固定的收入。"

面试的年轻人多了，难得遇到这样率真的性格，真是一点也不装，蛮有趣。

林翔接着问："除了开发的职位，你认为自己还能胜任什么？"

"总裁助理吧，我在学校是学生会干部。"

望着对面这个青春靓丽的女孩，林翔觉得很有意思。

他对HR说，"把她留下，安排在行政部，楚总缺个助理。"

一切顺理成章，对于公司的人事安排，楚总裁向来是放手的，他在员工中的形象不错，是个随和亲切的技术型领导，如果说与一般工程师有什么不同，那就是他的衣着永远干净整洁得体，还有，他喜欢用香。从颜值上看，楚总裁不像是做IT领域的，他是天生明星范儿该混娱乐圈。另外，他不喜欢在工作场合谈私人的事情，如果不是讨论工作，他很少讲话。

行政部主管把袁牧野领进楚总的办公室，面对这样一位业界小有名气的年轻总裁，女孩有点生怯，之前她在网上查阅过楚总的资料，认同他的专业技能、场面上的自信、语言表达圆润中不失真诚，除此之外印象深刻的就是颜值，北邮也有校草，但好像没谁能与他攀比颜值分数的。当她第一眼见到楚总裁，还是被惊艳到了，虽然"惊艳"这个词一般形容女生较多，且用在这样一位有分量的男人身上明显浅薄，但她确实是被惊艳到了。

楚总裁比想象中个子要高，他显然是不上相的，本人比照片中要好看很多，皮肤白，欧式的五官，一双电眼，对啊，他直视你的时候，看起来总是深情款款，当然人家不是真的对你动情，只是眼球与眼白的比例问题，最要紧的是，他身上有淡淡的香味，很好闻。

"袁牧野？像是一个男孩的名字。"

"我妈生我的时候，爸爸特别想要个男孩，所以起了这个名字。"

"嗯，结果还是让两位长辈失望了。"楚总裁一手端着杯咖啡，好像在喃喃自语。

"他们挺满意的，后面又生了弟弟。"

楚雄抬起头看了一眼女孩，嘴角上扬，露出一丝不易察觉的笑。

"会煮咖啡吗？"

"不会，在学校我们只喝速溶的，偶尔去星巴克。"

楚雄喝了一口咖啡，跟行政主管说："你抽空教教她，好了，我要看文件，你们出去吧。"

05

袁牧野已经上班两周了，她在公司办公QQ上的名字是"小野"，头像是一个大眼睛的卡通少女。每天早上8：30到单位，晚7：00离开，上午给楚总沏一杯绿茶，下午煮一杯咖啡。此外全天没有其他工作安排，楚总不会找她做事，行政部也没谁安排她工作，当然，没有楚总的召唤，她不能随意进入总裁办公室。

卡通少女乐得清闲，她在微信里跟同学Cindy说，自己找了份看大门的工作，公司每月支付她六千元薪水，每天带着kindle在班上阅读，环境安静没人来打扰，还挺美的。

Cindy文字回复："羡慕啊，你不是在看大门，关键是门里面坐着一位多金的大帅哥。不像我，每天写代码，写到怀疑人生。当年我们高考分数都不错，怎么会选了这个专业，真是脑子坏掉了。还好，小野你逃离苦海了。"

"我的目标是考公务员，今年不行就复习准备着，明年卷土重来，清闲点正好。"

Cindy用了语音，"哈哈哈，想得美，这样一家互联网创业公司，怎么会让你拿着薪水不干活？除非你是总裁女朋友。"

"那怎么可能？就算太阳打西边出来了也不可能。你没见过他，这种人看起来蛮亲切，其实是从头到脚的优越感，骨子里看不起我们的。"

"你成绩那么好，为什么要怕他呢？难道你代码写不过他，哈哈哈！"

小野收起手机，无奈地摇摇头，现实总是那么残酷的，成绩好有什么用呢，一个单身女孩漂在北京真的好难啊。可对老板的女朋友还是有一点好奇，他三十六岁了，如此优渥的条件，好看的模样，女朋友是怎样驾驭他的？来自公司茶水房的传闻，楚总对女友十分宠爱。

想着想着就出神了……

丁零丁零，桌上的总裁专线响起来。这突然的铃声让人有点心慌，小野急忙拿起电话接听，是楚总请她进去，有事情要吩咐。

"你去行政部对接一下我的日程安排，从今天起我的行程你来负责，加一下我的微信，有什么不明白的随时沟通。"

小野拿着手机好紧张，微信扫码时她不由抬头瞥了一眼对方，额头被浓密的黑发遮住了大半，今天不知他用了什么香水，沁人心脾，与往常的味道不太一样。

"地下二层停的那辆黑色奥迪京NU5891是我的，我没有专职司机，你有驾照吗？"

"有，在学校时考过的，只是没有开过，不敢上路。"

"不要紧，有机会练习一下。好了，你去办事吧。"

小野转身走开，楚总在身后叫住她。

"您还有什么吩咐？"

"上班尽量不要穿球鞋，虽然IT公司对员工着装没有要求，但你的职位有特殊性。"

"嗯，记住了，没有别的事情我去忙了。"

行政部办公室，小野和负责人对接楚总的日程安排，打印出来的A4纸上是一张表格，密密麻麻的会见客人、出差、各种会议、活动、媒体采访，工作的强度令人叹为观止，行程以小时为单位，从早上9点一直安排到晚上9点，周末有专门的健身时间，等等。没有看错吧，最下面一行竟然是："周六下午2：00至周日上午10点，约会Helen，备注是私人时间，非重要事情勿扰。"

小野觉得自己真是没见过世面，这就是传说中的互联网大佬吗？他们每个人的日程安排都是如此紧密和有趣吗？还有，老板的女朋友叫Helen啊，古希腊女神的名字，一定是位超级美丽的女人，让人不由心驰神往。

理工科好的女生通常做事情上手比较快，她们理性与感性兼备，条理清晰、思维敏捷，是很好的工作助手。显然，小野是理工科高才生，加上责任心强，处理衔接每一项事务都很到位，很快得到老板认可，小野看着他在微信里频频为她点赞开心极了，比读书时拿下一等奖学金更有成就感，她当然明白这不过是上司在鼓励新人，但处女座的男人不好对付，更别说是学霸级别的楚总裁，小野以实力证明了CTO林翔的安排是正确的。

听说楚总的第一个助理已经升职做了部门主管，就是现在的行政部邓主任，第二个助理是个海归IT男，做了不到三个月离职走了，坊间传说是因为受不了老板机器人一样的工作节奏，简直就是钢铁意志，把人折磨得自尊心受不了跑了。小野猜他是忍不了楚雄从头到脚的精致，人与人之间能力水准差不了太多，一样码农出身，年纪差不了几岁，人家在战略架构上思维如此开阔，工作起来有条不紊，还有好闻的香水味，哪个自命不凡的年轻人能受得了呢？还好自己是女生，对完美的老板只会心存敬意，不会有攀比的心态，当然永远不要有非分之想，否则自己也会重蹈前任覆辙。想到这里，小野心里还有点得意，觉得自己拥有这个位置很幸运，突然，思维又跳跃到Helen，老板这位神秘的女友到底是什么模样？太好奇了。

　　小野的工作渐入佳境，她在办公室放了双平底船鞋和职业装，上班就换上，她的细致严谨，沉稳寡言都是做助理的必备素质，在校七年的专业背景优势在协调技术部门时派上用场，几位负责人对她的专业素养很认可，公司上下都敬她三分，表面上很友好。小野心里清楚，同事们都是给老板面子，她不过是狐假虎威。

　　夏日的清晨是一天中最凉爽舒适的时刻，郑雅醒来也不急着梳洗，她靠在床头翻看一会儿杂志，这样慵懒的调性才是属于她的，做金融时间长了，每天的工作节奏如同上战场，看不完的项目，听不完的汇报，工商信息、金融数据、企业舆情，加上资管新规如孩儿面般多变，压力像是开足马力的车子向她碾压过来，不敢有丝毫懈怠，三十几岁的年纪略有尴尬了，新入职的年轻同事冲劲十足，自己不能掉队，人生如逆水行舟。

　　屋子里飘散出咖啡的香浓，郑雅放下手中的杂志会心一笑，男友在做早餐，她喜欢的鸡蛋三明治还有摩卡。披上晨衣走出卧室，餐桌上放着三明治、牛奶，还有煎好的鳕鱼，推开厨房门，楚雄穿着一件深蓝色围裙在煮咖啡，她从后面轻轻地揽住他，把头贴在他的背上，楚雄手里忙着并没有停下，"小雅，很快就好了，不要急，再给我一点时间，好吗？"说完，他转身面向女友，顽皮地看着她。"不急，好看的皮囊、有趣的灵魂，我怎么会舍得呢？"纯净的笑容即刻挂在楚雄脸上，恋人带给他的只有默契与甜蜜。

郑雅习惯了早餐时间听财经新闻播报，她边吃饭边专注听不太讲话，楚雄用完餐收拾好碗筷，一个人窝在沙发上刷手机，九点准时出门，开车先送女友回父母家，自己去公司或是参加商务活动。跟女朋友他不会计较分寸得失，百般依顺，哪里会有丁点霸道总裁的影子？

B轮融资过后，这一年来公司极速扩张，员工已近五百人，楚雄是做战略的好手，可如今却要整日埋头在细琐的事务中，心情不时有点烦，又找不到解决的路径和出口，每早醒来睁开眼睛就欠了一身的债务，公司运营成本高企、投资人的期许，同业竞争的残酷，也只有在郑雅这里能得到片刻休憩，她从来不提要求，只是给予宽慰。

楚雄思绪不停，不知不觉错过去公司的路口，索性方向盘一打开回北五环的家，那是一处靠近奥林匹克公园的别墅区，他一个人住一套叠拼，是家里买给他的婚房，女友在东边办公少有过来，自己每天忙到深夜才到家，这里像是在闹市隐居修炼的处所。楚雄把车子泊好、上楼，家政阿姨昨天来打扫过，开了音响听一会儿轻音乐，把手机静音，靠在沙发上睡个回笼觉，下午两点还要去公司，高管碰头会。

一觉迷糊到下午一点，没时间吃午餐了，楚雄开车急匆匆赶往公司，到办公室正好一点四十分，小野已经把会议资料整理好，他的办公桌上照例是杯热的清咖，大口喝着咖啡看着资料，重点内容已经被助理用橘色做了标记，两点整，楚总准时出现在会议室。

作为一家起步较早的互联网公司，核心产品是社交平台和搜索引擎，还有一块是跨境业务为主的综合型电商，前者已稳居国内领先，APP月活用户上亿流量比较理想，而搜索引擎业务近两年遭遇瓶颈有些尴尬，基于PC端门户搜索的垂直搜索业务开发进展得不顺利，这项研发耗费公司大量人力财力，楚雄想收缩产品线专注做社交平台和电商业务，移动互联网红利将被迅速瓜分，更多的资源，包括品牌、流量、渠道、资金、人才，IP乃至技术专利，已高度聚焦在少数头部公司，加上市场资金端紧缩，马太效应下，创业者的日子会越来越难过，但是CTO林翔是搜索引擎的核心负责人，他有不同看法。会议持续开到晚上七点，会议室集体吃过简餐后讨论继续。

"只有与智能化结合，更加准确理解用户需求的定制化服务才是发展趋势，而不是单一的搜索。我们的搜索引擎业务是保留，还是与盟友做战略性重组，已是迫在眉睫要解决的问题。正如莎士比亚戏剧《哈姆雷特》所言：To be, or not to be, that is the question（活着还是死去，这是一个问题）。"楚雄讲到这里，林翔的脸色很不好看，他们私下沟通过几次，林翔的意见比较坚决，还是想保留。

"是什么支撑着我们活下去？"

"与时间做朋友。"

会场沉默了，大家都知道楚总与林总亲如兄弟般的交情，创业多年有争执是必然的，但过后两位还是亲如一家人，这时旁人不会劝，都是识趣的。

"搜索曾为我们带来六成流量，已经成为公司基因的一部分。如果我们把它卖掉，不，是对外寻求合作，相当于骑着老虎，不仅会被吃掉，而且吃完也干不过Google和Baidu，相信它可以依靠自我成长的基因往前走。"林翔语气柔和，但态度是坚决的。

"钱呢？"

"我去找。"

会议最后还是不欢而散，楚雄进了办公室关上门就没出来，小野准备了水果宵夜也不敢送进去，林翔走过来冲小野笑笑，端着水果走进合伙人办公室，不一会儿里面传来嘻嘻哈哈的笑声，小野心里纳闷，难怪同事们都说他俩才是真爱呢，两个大男孩，有点意思。

事隔三个月后，林翔找来了资本后援。

中美外交关系看似与普通中国人并无关联，最多听听新闻、看看热闹，近几年中美贸易争端不止、摩擦不断，大有升级为贸易战的可能。楚雄的情绪明显不太稳定，看起来表面还算平静，每天正常来公司上班，举止依然斯文得体，只有小野看出他有些异样，身上好闻的香水味没有了，楚总有用香的习惯，突然改掉这一习惯，就如同热爱化妆的女生素颜出门了，原因只能是他，或是公司遇到了什么麻烦。

小野回想起夏天的时候，周末一个人去西单逛街，远远看到前面熟悉的身影，高个子男生穿了一件天蓝色衬衫，右手牵着一位女生，从背影看女生身材纤细，短发，白T下面是黑色热裤，一双夹趾平底拖鞋，一只黑色的双肩背。小野睁大了眼睛看不够，前面的情侣很亲密，男生看起来对女友特别宠溺，她像个小女孩似的撒着娇，不时把头靠在男友肩上。可惜看不清女生五官，她皮肤很白，腿又直又长，她的男友就是老板楚雄。

公司看上去运营正常，那就应该是楚总个人有点麻烦，会不会是跟女朋友吵架了？这个年纪的男人看似坚强，刀枪不入，其实他们很脆弱的，一个情感危机就能让他心绪不宁。

周一上午，总裁办公例会没有开，CTO林总和主管资本运作的马总进入总裁办公室谈了两个时间，出来时几个人面色都有些凝重，但也看不出明显异常，小野意识到是公司资本运作出了状况，此时还不便公开。联想到世界垂直领域排名第一的美国公司已进驻尽职调查数月，看来只能是电商业务的注资合作搁浅了，近十亿美金的资本注入，是个不小的数字，前期几轮谈判顺利，估值也比较理想，公司已经提前开始了业务布局。它是公司核心业务的三驾马车之一，此举将为其他两个版块助力不小，如果这次PIPE重组失利，意味着公司主营业务将进行被动拆分，化整为零，难怪老总们的表情如此这般。

聪明的小野猜对了大半，公司计划十八个月后整体登陆纳斯达克的计划被搁浅，但她万万想不到的是，接下来的局面会与她发生千丝万缕的关联。

楚雄有整整两周没有外出，事先安排好的公务活动、媒体专访全部取消，包括央视的，他只是一天天躲在办公室里，悄无声息不知忙什么，今年的元旦与春节特别近，年会就安排在元旦后进行，这是小野来公司参加的第一个年会，听同事讲每位女生都要着晚礼服的，想想就很期待。

北京的隆冬室内外温差很大，暖气足的房间室温近30℃，小野察觉到楚总外联事务虽然少了，但是衣品开始有了变化，他竟然穿了一件黑色派克棉服上班，夸张的毛领衬着白净英俊的脸，像演艺圈的明星一样帅，后来她回忆起来，前些年热播的韩剧《来自星星的你》，男主都教授就是穿了这样一件外套，连颜色都是一样的。老板上楼后就脱掉那件派克棉服，里面只有一件黑色的衬衣，上面两粒纽扣没有系上，脖子上意外的戴着条金色的细链，那种熟悉的香味又飘洒在他的身上，还是很少讲话，但一开口声线是温柔的。

还有两天就是年会了，小野在行政部与邓主任对接工作，收到楚总微信，请她下班后稍等一下。下午6点，小野在工位等老板。楚雄走过来冲她招手，跟在他后面下楼，进入电梯后，楚总说："今天晚上你没有安排其他事情吧，陪我去趟国贸。"小野点点头，他们一前一后上了那辆奥迪，楚总开车，小野坐在副驾驶的位置，做助理这么久了，她很少有机会坐这辆车子，一般跟老板外出都是公司的商务车，楚雄开车技术娴熟两人一路无话，车子很快抵达目的地。原来楚总想在DIOR专卖店给女友买条裙子和包包，请她帮忙试一下。

"身高168，体重100斤，对吗？"

小野点头称是。"怎么，您女朋友也是这样的身高体重吗？"

"嗯，我很少有时间陪她逛街买礼物，很快就是她的生日了。"

一条宝蓝色的鱼尾连衣裙，一款限量版的戴妃包，打包好，小野拎着往外走，路过Moschino店时，她忍不住朝向橱窗望去，那是条粉红色一字肩的针织连衣裙，穿在模特身上曲线婀娜好漂亮，楚雄走在一旁显然是看到助理这个举动，他招呼小野停下来。"你喜欢这个牌子，是吗？走吧，我们进去逛逛。"女孩有点不好意思，"不用了，您那么忙，我们赶紧回去吧。"楚总大步朝店里走去，小野只好在后面跟随。楚总请店员把这条粉色的裙子取出，给身边这位女士试穿一下。小野好尴尬，以她的收入是消费不起这个品牌的。但已然如此，只能由店员陪着去试这条裙子。换装走出来时，小野像变了个人似的，粉红色衬得肤色更娇美了，像公主一样。

"尺码正合适，先生，您真有眼光，女朋友穿上很漂亮。"

小野羞红了脸，她偷偷看楚雄。他神情自若，"你说得没错，把它包起来吧"，说完从钱夹中拿出信用卡，"没有密码"。

小野的心狂跳，这条裙子标价八千多元，他竟然价格也不看就替她埋单了。

"楚总，这不合适的，我不能让您花钱。"

"没什么不合适，这样很好，你喜欢就好。"他看了一眼店员，把卡递到她手上，"去刷卡吧"。

店员笑眯眯地看着小野，小声说，"你可真有福气，这位男士多帅呀，又疼你。"

可想而知，小野这个晚上都没睡踏实，她反复回想在店里的一幕，楚总脸上温柔的表情，能遇上这样一位好老板真幸运。

年会这天下午，公司准备了几辆大巴车接送同事们去北四环外皇冠假日酒店，楚雄把小野叫进办公室："你车技练习怎么样了？我明天上午有一个重要活动，今晚要喝酒不能开车，你负责送我回家。"小野点点头，"我周末一直有练习，您住得不远，我应该还可以的。"

年会现场布置成复古派对，才艺展示阶段，楚总与请来的专业舞者秀了一段拉丁舞桑巴和恰恰，让小野大开眼界，而公司的老同事也没有见过如此性感活力的老板，一个个变身小迷妹大声叫着他的名字，"楚雄、楚雄……"之后大家喝起红酒，欢乐地跳起sha lala摇摆舞，开心极了。

夜里十点，小野拿着车钥匙去地下停车场等老板，不一会儿，楚总下来了，一身的酒气，他确实没有少喝。他坐在后座上一言不发，好在沉默是老板的常态，小野开了导航小心翼翼地开车，她从来没有去过这个小区，车子越开越远，路上行人、车辆越来越少，还好，车子最终平稳地停在车位上。楚雄从后座上走下来，小野把车子熄火后钥匙交给他。掏出手机，"楚总，要是没有其他事情，我叫车回家了。"

"等一下，我楼上有个文件，你随我上去取，明天带到公司。"虽不是命令，却又让人无法拒绝。小野好奇地跟在楚总身后，进入室内，才看清这栋房子的结构，简欧装饰，大气又漂亮。

室温很高，楚雄脱下棉服，给她倒了一杯果汁，"你把外套脱了吧"，小野有点难为情，但在房间里穿着厚厚的羽绒服很快就冒汗了。她脱下外套挂在门口的衣架上，转身去取放在一边方柜上的果汁，结果与一个高大的身影撞了个满怀，"对不起，我不是故意的。"

"今晚你很漂亮"，楚雄磁性低沉的嗓音响起，借势把美人搂进怀里，"啊，不行……楚总你喝多了吧"，楚总低头强吻她，小野想挣脱，双手此刻又是那样柔弱无力，她闻到他身上熟悉的香味混杂着荷尔蒙的气息，这种气息让人迷乱、欲拒还迎，很快两人的唇与舌交织在一起，她在大学里谈过恋爱明白接下来将发生什么，但已沉醉其中无法自拔，楚雄是个完美的男人，与他共事近一年的时间，潜意识中每天都在渴望着他。

时间静止了，两个人从门厅到沙发，不知亲热了多久，突然，楚雄停止了。他低头替小野整理好裙子，走到餐柜旁端起刚才那杯冰水一饮而尽，"对不起，我今晚实在是喝多了，请你原谅。我叫辆车送你回家。"小野一时没有反应过来，她痴痴地看着眼前这个魅力十足的男人，她的老板，业界最牛的大咖，码农们心中的偶像，忽然对他陌生起来……楚雄拿出手机叫车，从衣架上取下小野的外套，走过来给她披上。

自从有了网约车后，小野常常打车，但是第一次坐上豪华礼宾车，一个人坐在宽敞的后座，她像是做了一场梦，永远不想醒来。这个晚上小野彻底失眠了，她不知道为什么会弄成这样？翻来覆去地想啊想，百思不得其解，临近天亮时分她想通了，楚雄不论是什么身份，他首先是个好看的性感的男人，自己对他动情没有错，他的模样、家世、学识和事业，哪一样不让人心动呢，自己是个单身女人，有着正常生理欲望，怎样做都不算出格，更何况是他先主动的，没有哪个女人可以拒绝他的怀抱。

早八点整，楚雄从小野的工位走过，他把浅灰色的大衣抱在手上，身上穿了件乳白色羊绒衫搭配西裤，头发打理过，这个男人不论何时何地总是精致时尚。同事们因昨晚的狂欢，大部分都没有来上班，空荡荡的工作间只有他们两人，桌上的总裁专线响起，是老板找她。

小野心里有点忐忑……

"对不起，我不知道您到公司这么早，没有给您沏茶。"

"不要紧，你坐下。"

楚总倒了一杯温水给她。"袁助理，首先要向你表达歉意，我不想为昨晚发生的事情找理由，但这件事情确实有些糟糕，我们今后恐怕很难再共事了，这张支票有20万元，是我给你的补偿。从明天起，你就不用来上班了，相信以你的聪慧和学历可以找到更好的职位，祝你幸运。"

小野懵了，她被吓哭了，"楚总，我……我们昨晚并没有发生实质性的关系，我会守口如瓶，您只是喝多了而已。"

"相信你昨晚也没有休息好，这件事情我想过了，这样处理方式是最好的，请你务必理解，再次说声对不起。"

"没有挽回的余地了，是吗？"

"是的，都是我的错，但我是这家公司的创始人，不能离开，所以请你接受。"

小野已经泣不成声，"我不要你的钱，不要你补偿，我……我是真心喜欢你，我走就好了，什么也不会说，没有人会知道。"

"收下吧，否则我会于心不忍。"

"不，如果你想让我全盘接受，这钱我绝对不能收，这是唯一的条件。"说完，小野拿起支票撕碎了，她走出总裁办公室，回头看了眼楚雄，对着他甜甜地笑了一下，"真爱没有错，保重。"

收拾好工位的杂物，拿出手机把微信里的老板做了删除处理，叫了车，从此，让这个男人在她的世界里彻底消失掉。

入秋以后，郑雅就很少见到男友了，也许他真的是很忙吧。创业多年，身上的担子越来越重，什么时候才能是个头呢？方方面面都需要他付出，父母年迈要依赖他，公司的发展要依赖他，自己也要依赖他。在一起多年，从来没有见过楚雄发脾气，总是对她柔声细语、千依百顺，一起见朋友也是他幽默风趣地调节氛围，懂得照顾身边所有人的感受，唯独忽略了自己，有时真的会担心，这么完美地撑下去会不会崩溃？！

上次见面是陪她看电影，自己有事情迟到了，楚雄手捧两杯咖啡拿着电影票等她入场，结果还被她无由取闹，埋怨影院的咖啡没法喝，把工作的压力发泄在男友身上，楚雄一个劲儿哄她，提出去影院外面的咖啡厅另外买回来，被她劝下了。二人世界中，女生一直占据上风，被男友无原则地宠着，慢慢地滋生出许多莫名的骄傲，在楚雄眼里没有公主病，只有公主。每一次不论什么原因有了摩擦，都是男方主动投降。

是啊，楚雄已经把女朋友宠坏了，也许是因为在一起五年了，他还不能给她一纸婚书吧。郑雅常常想，在外人眼中，男友脾气好情商高，打着灯笼都难找，两人年纪相仿志趣相投在一起很合拍，可是，哪个女人不想在黄金年龄结婚生子呢？更何况楚雄是这样一个理想的婚姻对象。后面郑雅和楚雄有过君子协定，如果谁不想继续了，可以大方提出来和平分手，以他们的智慧决不会吵闹，两个人都是场面上的人，闹起来多难看啊，都是极聪明的，即便看破也不会说破。

相恋不久时，郑雅跑去楚雄开会的酒店约会，路况不好原本三十分钟的车程走了一个小时还要多，郑雅走进房间时，男友已经为她沏好茶，可一路上心焦对着男友并没有好气，楚雄手里端着茶杯坐在那里，面不改色看着公主发脾气，抬手看看表，"你进门已经三十分钟了，都是我不好，可我已经向你道歉了。"郑雅一下愣住了，噘着嘴开始撒娇，楚雄起身张开怀抱……不忍再辜负眼前这份俊逸，两人温柔缠绵，郑雅抚摸着他的头发，"说到底，你还是以色侍人"。男友在他人眼中再优异，面对她姿态都是低的，他是暖男，永远温存地呵护着她。

可是这一次，郑雅的心里隐隐地感觉到不对，男友突然冷落一定事出有因，表面上又看不出什么端倪，她有一点惴惴不安，楚雄只是等待一个时机向她摊牌，郑雅心里从来没有小觑过这个男人，懂得他是如此睿智和理性，内心强大，不能用普通人的思维套用在他身上，事业和女友，若不能同时拥有，他会怎样选择呢？而她，只能被动地等待。

两个人工作都很忙，不能常见面偶尔微信聊聊天，之前约会大多是楚雄主动提出，但近三个月以来，楚雄一次也没有主动过，都是郑雅跨了大半个北京城去看他。如果遇上周末加班，那么相隔两周甚至更长的时间才能见一面，即使睡在一张床上，楚雄也很少有激情时刻，两个人已经很久没有做爱了，他总推说自己累想早点休息。郑雅是理解男友的，但长此以往总会令人生疑。

一起陪男方家长吃过年夜饭，大年初一，楚雄陪着父母去瑞士旅行，郑雅留在北京过年，分开不过短短一周时间，却让她感到这个春节如此寂寞，不是因为两人物理空间的距离，而是楚雄一反常态的清冷，让她的心慌了。初七夜深，郑雅打开休息了几天的手提电脑，私人邮箱里躺着一个挂了超大附件的邮件，来自一个陌生地址，是视频文件。她做了防护措施，下载了这个文件……

是啊，生活就是这样，该来的总会来，郑雅静静地看完这个二十六秒的视频，好像在欣赏一部高清的影视剧激情段落，视频中的场景是熟悉的，女孩身材高挑、清纯灵秀，如果不是面部被细腻地打上"马赛克"，那双美目一定如盈盈秋水吧，观众苦笑了一下，脑海里面浮现出与男友初识在咖啡厅里交谈，他留下的那句话："相逢者必再相逢"。这段盛满甜蜜的恋情即刻被打翻在地，郑雅拿出手机对着视频拍下照片，对着微信置顶的男友头像发过去，"请给我一个解释吧"。

楚雄此刻已经结束旅行落地北京，他有夜读的习惯，通常都是凌晨一点才休息，郑雅等了这么久，不差这一点时间。她把自己蜷缩在书房的沙发上静静地等待，时间分分秒秒地过去，凌晨两点，手机里面还是一片寂静，"有种，绅士风度，知道保护女孩，让自己那份冷酷与凌乱一览无余"，气头上删除了男友的微信，上床睡觉。当然，这一夜无眠……这就是楚雄给她的交代吗？拿一份被撕毁的完美逼迫她接受现实。

天蒙蒙亮时郑雅又迷迷糊糊睡去，等醒来已经是上午九点了，开启休假模式后生物钟也紊乱了，她下意识拿起手机，一条未读微信，是男友楚雄发来的。咦，奇怪，自己不是已经把他删除了吗？怎么又出现了。想想就明白了，人家是干什么的，对于一个IT高手而言，这就是雕虫小技。她打开楚雄的语音留言，"小雅，你看到的就是已经发生的，我不想解释，决定权交给你。"

郑雅想起上一次在楚雄家里见面时，他那句玩笑话，"创业者没有生活，更没有性生活……"，她笑了，在手机上很正式地敲打文字回复他："初八顺星节，天晴了，祝福你事业顺遂。"

/10/

残雪过后，帝都迎来初春，万物复苏欣欣向荣。

小野搬离了原来的房子，租住在南郊一处有些年头的居民区，这里有很多年轻的北漂，生活成本也比较低，潜意识里想距离那个男人远一些，与那栋漂亮的房子正好隔了整座北京城，他们的人生不会再有交集了。小野不想找工作，身上整日懒懒的，干什么都打不起精神，研究生同学春节后在"糖果"KTV小聚，她也找理由没去。每天睡到天大亮才起，经济拮据，只吃一顿午餐，想起美国六十年代好莱坞影星玛丽莲·梦露成名前也有过一段窘迫期，留下那句著名的话，"不吃午餐可以让我的腰肢看起来更纤细……"，小野在心里嘲笑自己，很好呀，跟大明星一样的待遇。不过二十七岁而已，不争不抢、无欲无求，提前拥有了老年人的心态。

偶尔回学校，在校园附近的文艺风小店转转，那里留着学生时代的足迹，她总是和Cindy一起去那家网红甜品店吃榴梿冰沙，那时的袁牧野有多么骄傲呀，每个学期都是一等奖学金，被导师称赞，被男生们爱慕追逐，也许这就是人生中短暂的巅峰吧，自打毕业出了校门一切都变了，可能是从小书读得好，把福报用尽了。看着校园里走出来的一群群戴着眼镜的年轻码农，她还是会想起楚雄，他成绩好、电游也打得好，怎么不近视呢？小野心里对他没有怨恨，只有仰慕。

同学Cindy如愿换了工作，去了一家私募基金做实习生，小野没有告诉她离职的真实原因，只说想参加公务员考试需要静心复习，但在老同学看来一定另有隐情，女生中她们两个最要好，小野那份清高她是明白的，那样一家发展态势强劲的互联网公司，她做到总裁助理的位置，那份志得意满谁都看得见，怎么会说辞就辞呢？但是要给好朋友留面子，有些话不好问的，可小野那个颓废劲实在让人不忍，怎样才能帮到她呢？

"嗨，小野，我春节前办了一张健身卡，全城连锁，每月计次数那种，我换了新公司晚上要补习去不成浪费了，我查过，你家附近有个门店，没事你就去吧，私教一对一，教练都是肌肉男很帅哟……哈哈哈……"

小野听完老同学的语音，心存感念，在自己最困顿的时刻，只有她想着我，友谊万岁。

她仔细研究了健身项目，看到东三环附近的门店每周有开设拉丁舞课程，对，她想学习拉丁舞，把热情的恰恰、性感的桑巴、跃动的牛仔、唯美的伦巴一样样学会，跳起来，把一身的颓丧都赶走……

故事就是故事，无巧不成书。与小野拥有同样心境和想法的，还有一位女生，Helen。

两位女生个子一样高，舞蹈课上被分到同组，不论什么职业身份，来到这里大家都是初学者，只有一个共同的目标，把舞蹈动作学好跳好。慢慢地，小野和Helen成为朋友，她们有很多共同点，都是理科生，国内名校硕士学历，Helen虽然大几岁，但私下里像个孩子很单纯好相处，她每次来上课要带两杯咖啡，一杯美式，杯子上写着"小野"，一杯摩卡，杯子上写着"Helen"。上完课，两个漂亮的女生围着年轻的教练说东说西，开心极了。

因为小野的关系，作为业界前辈的Helen给了同学Cindy很多经验指导和资源协助，三个人常常一起去宵云路的福楼法餐厅喝下午茶，Helen乐得为两位妹妹埋单，她还总笑称三个人是剩女结盟，快乐的女汉子。

欢乐的日子总是短暂的，对小野来说，这份珍贵的闺蜜情只沿袭到平安夜，派对上喝了红酒有些头晕，在Helen家的书房小憩，却意外进入那个隐秘的世界，Helen收藏了数量可观的Barbie，这些娃娃大多是楚雄从世界各地买来的，很多只Barbie都是他出国回来交给小野去礼品店包装好，那只意大利的Dulcissima太过迷人，自己还偷偷打开把玩过，娃娃左手上的包包链子被她不小心弄断了，另找了金色的丝线把它仔细系上，当时还窃喜，这只Dulcissima真的成了绝无仅有的"限量版"。

当再次看到系在娃娃手上的金色丝线，小野的心被割裂似的痛，自己不想伤害到Helen姐姐，她是那么善良美丽，可Helen说自己单身的，很可能就是因为那件事情，她与楚雄分手了，他们两个是那样的般配……小野满心的疑惑，不停地自责，真的不愿做那个"罪魁祸首"，希望这只是场误会。

她给Helen发了微信，想见面聊聊。

元旦假期，Helen家里，两个女生促膝长谈。

"小野，我和楚雄分手，与你没有任何关系，没必要自责。"

"你怎么会想到我是为这件事而来？"

"嗯，其实我们在健身房第一次见面，我就认出你了，如果没有猜错，你曾经是楚雄的助理。"说完，Helen右手点了一下自己的锁骨。

小野惊诧后默许了，这个女人果然不一般。

"我与楚雄在一起五年，彼此熟悉、彼此懂得。创业遭遇困境，上市计划搁浅，他作为创始人又无能为力。你们可能会想，他如此谋划，是不是为了那个所谓上市与婚约的誓言？其实你们都不了解他，他没有那么脆弱和幼稚，这个男人骨子里优越感十足，能一手做起这么大的事业，果敢和冷漠是创业者成功的必备基因，或者换一种说法，在创业这条路上走得久了、行得远了，人也慢慢变得坚硬了。"

"那楚总这样做，到底是为了什么？难道只是想让女朋友伤心吗？"

"不，他是想让我示弱。就像一个完美的古董花瓶，被我一直捧在手心视若珍宝，他有意把它损坏成残缺，逼我接受面对现实。他行事严谨、审慎，没有人可以为他下套，除非他自己……"

"如果你接受呢？"

"那他会暂时放下创业的梦想，与我结婚生子，满足我的心愿。"

"可现在……结果显然是反向的。"

"对，我太了解自己的爱人，我什么都能接受，唯独不能容忍他利用一个无辜的女孩做道具。"说完Helen的脸上呈现出痛苦的表情，小野走过去搂住她想安抚一下。Helen顺势抓住她的手，"不，小野，他根本是触及了我的底线，太残忍了。"

"我……我们那晚上没有发生实质性关系，他只是亲了我，又突然停止了，我发誓，请你一定要相信。"

"这并不重要。我们关系的破裂，是因为他的不坦诚，他太自负了，拿感情来要挟我。"Helen像是在喃喃自语，表情越来越痛苦。

小野不知该怎样安慰她，轻抚她的肩。"如果你还爱着他，可不可以不计较？楚雄他是那样的优秀。"

"我不知道，至少现在还无法面对。春节后他说向我摊牌，到今天为止一次也没有联络过我，朋友圈他还时常更新，都是些公务活动。"

小野忽然想起来，自己是删除了楚总的微信，而与Helen认识的大半年时间，Helen的朋友圈一直是空白的，从来没有发过信息。她理解女生的心情，一直在等待男友低头，他们其实是一种人，关系亲密时自然很合拍，但出现矛盾裂痕后，两个人都是那么骄傲，宁可死撑着痛苦，也不愿主动迈出那一步。

"Helen姐，你不要伤心了，等楚总的事业成功了，他一定会回来找你的，可能这需一点时间，如果你能等，你们还有机会在一起的。"

"公司在Pre-IPO阶段受挫，中美局势如此紧张，短期是不会有大的改观……我怎么这么可笑，这个时候了，还跟你讲专业。一句话吧，是命，命里我就不该嫁给他，等了五年，够了，我想结婚想有安稳的家庭生活，钱赚多少是个头？我们的条件已经比一般年轻人好很多，他分明就是在找借口。"

"那你还爱着他，这可怎么办呢？"

"爱情并没有想象中那么重要，对于女人来讲，一份安稳踏实的生活才是最真实的。"

饭点到了，小野为两人点了份皮萨外卖，她觉得Helen姐姐很勇敢，是真正的独立女性，难怪楚总如此完美的男人会死心塌地爱上她。

午餐后，小野告别。上了车，她看到手机上Helen的留言："楚雄太优秀了，一路走来伴随他的都是顺利和完美，而天才同时也是脆弱的，他们掩藏内心深处不为人知的痛苦，不顾一切走下去，当无人分担时，一念之差就会失去自我走向极端，这也是我一直隐忧担心的。我爱他，但不愿这份感情成为压倒他的最后一根稻草，或许爱到极致就是放手吧。"

两年后，北邮校园。

小野已经回到母校就读博士研究生，在Helen和Cindy的鼓励下，她重拾生活的信心，一边读书一边在手游公司兼职打工，做得还是自己的本专业，每天写代码编程，日子过得很踏实。Cindy已经升任投资经理，有一个满意的男朋友，三个女人还是常常聚会，轮流请客。

因为是同行，小野时常听到楚雄和他公司的讯息，听说已经在做纳斯达克上市路演，她可以想象，一身深色修身西装的创始人讲着流利的英文，在投行、券商和团队的簇拥下，该是多么踌躇满志、意气风发，他应该是IT圈最帅的男人吧。这些消息，她跟Cindy打过招呼，不能在Helen面前提及，但想想又是"掩耳盗铃"，Helen混金融圈的，怎么会不知道这些消息。两个小姐妹小心翼翼地维护着姐姐的自尊心，她三十五岁了，依旧待字闺中。小野真心希望楚雄和Helen能够复合，他们才是天生一对，也许这机会就快来了，公司上市了，不就是最好的机会吗？王子终会向他心爱的女人低头吧。

一个中午，小野在手游公司楼下取了午餐外卖，等待电梯时，厅里的楼宇电子屏出现了一个熟悉的面孔，他在接受外媒采访，用英文流利地讲着公司上市后的心情，感谢多方的支持，感谢股东的信任，感谢合作伙伴、用户、员工和家人……这是楚雄，他的声音低沉磁性，几年过去一点也没有变，还是那么英俊洒脱，隔着屏幕都能感受到那份喜悦，中国又一家互联网公司成功登陆纳斯达克，是IT圈子的大事件，楚雄还是成功了。

小野的心情五味杂陈，她期待着什么，又有些慌张，一个人在工位吃过午餐，默默地刷起朋友圈，IT圈有很多熟人，她的老师、同学、同事们都在转发这条消息，微博热搜也排位靠前，到处都是楚雄和团队敲钟的照片，一时间，科技、金融与娱乐圈混淆在一起，是啊，楚雄的模样太偶像化了，年轻的网友们化身粉丝为他紧握鼠标也蛮正常的，看脸的时代，颜值即正义，而演艺明星又怎能与他的厚重相提并论？！

刷完微博热搜，又刷回朋友圈，突然，小野傻了，她的手开始微微颤抖，是从来不发朋友圈信息的Helen，破天荒发了一张照片，配文：I'm going to marry you today，配了一张结婚证标准照，照片上的先生看起来丝文憨厚，圆脸，戴着眼镜。小野半天才回过神来，为她点了赞，祝福新婚夫妇永远幸福。

整个下午，新晋上市公司的官微已经被年轻的网友挤爆了，评论区热闹极了，IT圈盟友、各路大咖熟人纷纷前来祝贺，码农们报以艳羡的目光，陌生的迷妹对创始人表达着各种爱慕，她们突然在IT版块捡到块宝，与自己平日里粉的演艺圈小哥哥相比，这位帅叔级别的楚总显然更有魅力。

下班时，小野忍不住刷了楚雄的微博小号，这个小号还是做助理时无意中发现的，属于他个人的私密空间吧，只是内容少有更新。天哪，他竟然在一小时前更博了……只有简短的一行字母。

Lost my love forever.

2018年12月5日　晚8时完稿

PART D

两位神仙

情感实录，

两段非典型性爱恋。

严格来说，红并不算是我的闺蜜，我们只是在某次活动中相识，属一面之缘，感觉她学识不错、思维清晰、性情随和。如果一定要说点不足，就是长相平庸了些，加上个子不高，只能列入才女的队伍。好在大都市永远不缺美女，才女才是如今的王道。忘记交代了，她是单身，33岁，名校法学博士，现供职于京城某律所。

一个周末的午后接到她的电话，我有些意外。当时正在厨房里为家人准备晚餐，有些手忙脚乱，想推一下见面时间，不曾想才女小红语气轻松态度诚恳，电话里说这个晚上一定要见到我。敏锐地察觉到她生活中出了问题，想找人倾诉拿主意。于是，约在了下午4点，我家附近的一个茶餐厅见面。

我有意迟到了15分钟，为了她的骄傲。

走近餐厅时，她正在发短信，见到我起身让座，非常有礼貌。

谈话大约进行了两个半小时。前20分钟，基本弄明白了她的来意，剩下的时间只是试图为她游说解脱。

红在大约两个多月前通过同事介绍结识了一名单身男子，与她同龄。两个人年纪相仿，但志趣完全不同。男孩子虽然生在高知家庭，但自己并不喜爱读书，多年前专科毕业后因家里的背景进了一个效益不错的国营单位，手里有三套房，经济实力不俗。他是独子，父母催婚抱孙子，看中红的才学和知书达理，他们得以相识交往。

据红说，她之前没有真正恋爱过，大学时同学给她介绍过一位北大博士，她非常之满意。但是，因为不懂得把握爱，表现得过于矜持和被动，那个男生屡次向介绍人抱怨她的冷淡，最终成了陌路人。后来男生毕业后进了国家某部委工作，娶了一个富二代。

这段往事，让红一直无法释怀，她认为男女交往中，女孩子保持矜持的态度是正确的，当然这是传统的家庭教育带来的观念，在红这里传承得根深蒂固。

好了，不说那位别人的老公了，说现在这位。

红与男友一共见过十次，节奏是每周一面，交往初期的内容基本都是在餐厅吃饭，然后男孩子开车送她回家。红说从两人相识之初，她就想改变他，于是，熟络之后的约会，几乎每次都是把男孩子约到书店，而如此交往方式男孩子并不情愿。因工作关系，红经常出差，每次离京前，她都要交代给男孩子一本书，让他好好研读，抓紧提升修养。红向我抱怨，说男友每周除了与她约会的一晚，其余多是与酒肉朋友一起吃喝玩乐，并且不愿带她一起去，理由是怕她接受不了。而红每次与她那些高知朋友们聚会，会特意邀约男友一同出席，但人家不愿去，理由是受拘束没有共同语言。

就这样，两人拖拖拉拉交往了两个多月，期间红与男友手都没牵过。我问红："是你不愿意，还是他不愿意。"红曰："我不能主动，他说他不敢。"

"那你喜欢他吗？"

"当时不确定，后来他提出分手，我才发现自己挺喜欢他的。"

"嗯，法律有规定男女交往时，女生不能主动吗？上学时我们用功读书，是为了考取个好学校。毕业后努力工作，是为了争取个好单位、好职位，有个好前途。那么婚恋也是一样啊，好男人数量有限，你主动争取一下，有什么不对吗？"

"不行，女孩子不能主动，否则会被人看不起，认为是轻浮。"

"那他为什么提出分手？"

红啰啰唆唆地讲了一大堆细节，诸如送她回家时不高兴耍脾气了，让他读书他所只能看十几页了，之类。

我听得有些不耐烦，挥挥手粗鲁地打断了她。告知她不要总陷在枝蔓中，这些都不重要，她和男友原本就不属同一物种。既然是互补型，就一定会有交往之初的相互吸引。

"能告诉我你们分手前，他提出了什么要求吗？"我有点累了，语气开始有些生硬。

"他提出要同居试婚，我拒绝了，我认为应该先见家长，还没到那个阶段。而且，结婚前我是不可能与任何人发生两性关系的。"

"噢，那他的反应呢"？

"他提出分手。"

"嗯，你能退一步吗？"

"不行，我告诉他我还是纯洁的。可他说，如果事先他知道这个情况，都不会同意与我见面交往。"

我和红都沉默了……

"那就放手吧，既然你接受不了。"

"我就是不明白，纯洁的女孩子不好吗？为什么现在的男人都不喜欢呢？"

我笑起来，"因为在他们看来，你已经不再是女孩了。如果你只有20岁，那么纯洁是优势。但现在30岁都过了，人家会认为你很奇怪。"

"我问过他，有没有吸过毒，嫖过娼？他说以前有嫖过，我当时心里特别难受。"

"嗯，在他看来，这是享受了专业的性服务。"

"我不能理解，你能接受爱人有这种行为吗？"

"红，这个问题很奇怪，你和我比不了。二十岁的时候我就知道自己想要什么，而且，我是在人生最美好的时候遇到了先生，这是源于我的预判和选择。"

"能不能告诉我你的选择是什么？"

"嗯。我的爱人不能经商，我嫌弃商人，有点钱很容易自我膨胀，缺乏自律性。也不找想做官或已经做了官的，因为他们给不了我想要的生活。所以，我只有选理工男做技术的，可以给我足够的安全感和相对理想的生活品质。"

"那你真的奇怪，我的很多女朋友都希望自己的爱人创业做老板赚钱的。"

"是啊。那随之而来的，是婚姻要接受金钱的考验。这也是很多女人中年后的悲哀，从年轻的时候就没想明白，不知道自己到底要什么，真正能承受的是什么。"

红低头不语，几分钟后她继续向我发问。随后的谈话氛围颇为紧张，她的专业素养带来的严谨和咄咄逼人也让我始终不得放松。

"他提出分手，是不是因为我有一天晚上与他吵架，话有些重了。"

"有可能，在他还没有爱上你之前，你是没有资格去改变他的。除非，你有李嘉欣一样倾城的美貌，才可以在爱人面前为所欲为，甚至你无端动了手，他也不会离开。这就是人性，男人好色，娶个美女回家是他们上幼儿园时就有的梦想。如果因为年轻时他们没有条件迎娶心中的女神，那么日后条件具备了，还是要出轨的。"

红点头默许了。

我接着劝她，"离开他，放手吧。除非你能对他日后的出轨持宽容态度。还是找个同类一起生活会好些，最好是家境清贫的书生，你们价值观相同，可以一起打拼未来的。"

"我接受不了他出轨，但也不想放弃他。"

"你前一个男友与现在的这位，正好是两个极端。我相信是年龄的原因，来自家庭的压力让你下意识想挽回。可你并不爱他。"

"不，我是相信精神之爱的，这远远超越了肉体的欲望。"

"那他相信吗？你们是不同的。"

"是的，自他提出分手后，我疯狂地给他打电话，发信息，他不接我的电话，还说我变态。而且把我的两个号码都列为黑名单了。雪夜里，零下十几度我站在他家楼下等了近一个小时，但他拒绝见我。我是有问题吗？"

"没有，就像小时候读书时，学习好的孩子破解数学难题时，一定会非常执着，这个方法不行就绕道而行，总是要攻克它拿到高分才会罢手，而成绩一般的孩子不是智商低，而是差在这份执着心。你这样做，我特别能理解，是正常的。"

红终于开心地笑了。

我长舒一口气，认为这场谈话可以圆满结束了。

可是，接下来发生的事情，真是有些出人意料，甚至惊吓到我。

眼看窗外天色已晚，我起身告别，想回家了。

红却一点想走的意思也没有。

我笑着问她："还有什么问题？"

她吞吞吐吐欲言又止。

"嘿嘿，告诉我，需要我做什么？"

"我还是想与他和好，你能帮我吗？"

"我站立的身体，突然有种僵硬的感觉，室内的暖气并不足，却让手心攥出了冷汗。"看来前两个小时，是虚度了。

"红，我不能在你面前谈人生哲理，因为你自小到大足够优秀。但恋爱的事情，我还是有发言权的。有两件事我们要考虑清楚。第一，想要什么？第二，能要什么？都想明白了，二者的交集部分是我们能够拿到手的。如果足够运气，还可以多拿些，运气差点，少拿些。但，至少不会什么也拿不到。"

红点头，表示同意。之后非常诚意地说自己在婚恋方面确实后知后觉，完全处于小学生的状态。但，她确实非常执着，依然坚持要我援手挽回这段尚未开始就已夭折的爱情。

我显然被这份执着心打动了。

"好吧，拿出手机，发条短信给他。内容如下：'涛，我们交往的时间虽短暂，但是分开后我才意识到，自己已经爱上你。请你考虑，再给我们一次机会，重新开始，好吗？'"

"这样合适吗？不好吧？"

"抓紧时间发，一个字都不要改。谁让你爱上他呢？"我是命令的语气。

短信写好了，红非常严谨地递给我，我迅速扫了一眼短信内容，确认是一字不差后，她在忐忑中按下了发送键。

我俩又进入了沉默，一起等待事情的转机。

一分钟、两分钟、三分钟……十分钟过去了，手机没有回音。

看着红沮丧的样子，我的急脾气上来了。从包中取出我的手机，拨了过去。一声，两声，十几声，无人接听。

这人挺牛气啊，陌生的号码也不接。

接着拨，还是没有接听。

就在我们收拾东西准备说结束语的时候，桌上的手机突然响了，吓了我一跳。

是他打来的。

如果说铃声大作惊扰了我们，那下面的谈话内容更是让人感到恐慌。不，是恐怖，恐惧，还有恐什么来着？

这位先生在电话里先是问明我的身份，年龄，松了口气。但紧接着又怒斥了红的行为，说她不应该把个人隐私告诉旁人。

我则非常职业的用了心理学术语，语气平和声音甜美请让他打消顾虑。说自己与他并不认识，也没有想结识的意思，这么做只是为朋友试着帮忙解决问题。

他终于放下戒备，语气缓和了许多。

但随后当我说到红确认自己爱上他，请他考虑给红一个机会时。他突然毫无征兆地咆哮起来。我感受到手机被他的"歇斯"灼热了，手心里的汗恨不得由小水珠汇成小溪流。这一时刻，手机确实变成手雷了。

"她爱我？她凭什么说爱我？爱我什么？我们连手都没拉过，我们从来没有开始过。她后来不停地打电话发短信给我，简直不可理喻，是变态。她想与我有结果，是完全不可能的，我们根本不合适。你让她去问问身边人，谁谈恋爱往书店跑？有病啊。在书店能谈出个结果，能把婚姻大事给办了，有这个可能吗？"

"那，那……可能是她在情感方面太单纯，不够成熟。不，不管怎样，你总不能这样残忍吧，考虑一下，给一次机会，好吗？"平素一直对自己的语言沟通力还是挺自信的，但这时我恨不得变成一个词不达意的结巴瞎子。

"不可能，你让她死了这份心吧。我不会娶她当老婆。"

放下了电话，有种强烈的挫败感。自小到大，还没有哪个异性可以如此勇敢地在我面前狂啸，说出这些拒人于千里之外的话。

我低下头，轻轻摇着。

"红，放手吧。不可能了。"

很显然，这个男人的声音足够洪亮，坐在对面1米远的红，已经听得清清楚楚了。

"不明白，既然他一点也不喜欢我，那为什么提出要同居？"

"你是父母相中的，他不好拒绝。他看透了你的心思，知道你不会同意同居，随即就会提出分手，这是远离你的好办法。而你呢，又傻得可爱，还把这事告诉给介绍人，介绍人又转告他的父母，他爸爸是有身份的，感觉丢了面子，严厉地斥责他，让他在父母面前抬不起头。这种处事方式，让他的全家都颜面扫地，你想想看，还能有机会挽回吗？"

红低头不语，这下她是彻底死心了。

"耽误你一下午的时间，让你受累又跟着受气。下次我找个专业的心理咨询师，可能会好些。"

"唉，我就是专业的。不要这么想呀，能把内心最隐秘的心事告诉我，说明你非常信任我，拿我当朋友。"

红终于笑了。

"不过嘛，既然是朋友，我也给你一个忠告。你目前的状态不好，焦虑焦灼加矫情，可能与家庭的压力有关。已经成年了，从家里搬出来独居吧。压力是双方面的，你的妈妈每天看到你，也有压力。"

"是的，她一直催我出嫁。说这次如果可以，就一定嫁了。我不明白，为什么我接触异性的机会这样少？"

"因为你不漂亮，加上性格传统又保守，在社交场所，男人很少主动关注到你。你的才华和优势只是在小圈子里有所展示。这是现实，很难改变。"

走出餐厅，我送她，寒冷的冬夜，红需要一个温暖的拥抱。

"加油，新的一年，一切都会好起来的。"

终于，一位神仙姐姐的故事讲完了。第二位神仙姐姐涵养好，一直在等我落笔。

办公室通常有四人，与我关系最好的是小G，她美丽温柔加上善解人意，有发展成闺蜜的态势。坐在我对面的大徐，工作繁忙有很多外事活动，待在办公室的时间很少。

神仙姐姐在哪？

我右手的工位，就是她的。

邝，马来人。她不远万里来到中国，是为了学习我们的语言和文化。

两个多月前，同事把邝带来时，她爽朗地笑着，大声讲着英文，流利程度堪比母语。邝讲话时会用上夸张的手势，加上白皙的肤色，丰满性感的身材，欧式五官，真让人看不出是马来人，印象中的马来人都是黑黑瘦瘦的。

日常工作中，她主要担任英文翻译，每周来两次，其余时间要学习中文，还要给几个孩子做英文家教。另外，要交代一点，邝家在吉隆坡是名门望族，香港有位大明星邝美云是她远房表姐。我们见面时，联合国粮食署已正式录用她为公务员。但一直因故留在北京，未能成行。

我们交流很少，邝在办公室只讲英文，偶尔蹦出几个中文词汇。所以，一直以来，我认为她的中文应该是三岁幼童水平。

基于以上认识，我与小G讲话一般不回避邝，遇到的一些新鲜有趣的事情，都会讲给对方听。于是，上一位神仙姐姐红的故事，我在某个周一的早晨，就在办公室讲了出来。小G美眉听后唏嘘不已，我们进行了较为深刻的剖析和点评后，对红持同情的态度。

通常，我们交流时，邝是沉默的，从来不说话参与。她就像是一部运行中的冷气机，能够感觉到舒适，但会忽略存在。邝非常敬业的，她做这份翻译的工作没有报酬，是真正的国际主义志愿者。加上一周只来两次，所以她每次来都会尽心尽力多做些事情。

但这一天，她有些异常。进进出出接打了多次电话，而且，站在长长的走廊上，她的情绪是那样激动。临近中午，她终于忍不住用中文说出："不好意思，我的男朋友生病了，但他不告诉我，这让人非常难过，我生他气了"。

我一般不打听同事的家事，但看到她如此真诚地表达，有一点感动。于是，故作轻松状地安慰她："没事的，过一阵就好，再说了，以他这样的年纪，一般不情愿把脆弱的一面展示给女朋友，他只想你看到完美的一面。如果你们结婚了，你成为他的太太，相信今天这样的情况就不会存在了，会乐于让你分享他快乐，分担他的忧愁。不知道你能否听懂这些？"

"NO，NO，NO，我不想改变他。我一般是不会打电话给他的。除非是有重要事情才会这样做。可是，刚才我打了两个电话给他，他都不理睬。"邝大声流利地说出这些话，我语塞了。天哪，她的中文水平如此之高，而且，"改变"这个说法，是刚才我与小G同学讨论红的故事的一句结束语。当时我劝红来着，说"你不要幻想去改变一个男人"。

原来，邝中文很好。这么长的时间，她一直是揣着明白装糊涂。震惊之后，我还想继续聊。

"他可能是在开会吧，别多想了。"

"怎么会呢，他秘书刚才打来电话，说他回家休息了，不在单位。"

我沉默了，我知道邝的身份，她不是普通的女人。

邝接着激动地说："他秘书与我是一伙的，是站在我这边的。"

看着我疑惑的眼神，邝主动交代了"他"的身份。"他是马来驻中国大使馆的某高官，所以日常工作非常繁忙。"

噢，这下就明白了。想起前些天，邝给我看他男朋友的照片，我当时还有些奇怪，这男人怎么看都像是政客。

"他每周只来看我一次，每次只有一小时，我都会煲粥给他喝。这一次，我说想分手，把煲粥的锅也送他了。我要走了，回国了，再也不回来了。"邝有点委屈地说。

"那他呢？"

"他哭了，好伤心。"

"你不能这样，分手了你就开心了吗？你还能找到这么优秀的男人去爱吗？人家每周只来看你一次，也是费了周折的。每一次出门，都是要被两国的有关部门同时监管的。打给你的每一个电话，有四支耳朵同时听的。发的每一条短信，都要被记录在案，被很多人同时看到的。他的一言一行，不只代表他自己，代表的是你们的国家。近些年我们与印尼关系紧张，导致与马来等周边国家的外交关系进入一个特殊时期。说一句'我爱你'不容易。可是人家做到了，他是有诚意的。"

邝频频点头。"是的，他每一次来看我，都不容易。他的身份特殊，我是知道的。"

"而且，你的才学、美貌、家世已经足够迷倒他了，所以他才会选择你做女朋友。但是，想做人家的夫人，他还需要继续交往考察。不同的男人需要的恋爱方式是不一样的。你的公主脾气，不是寻常的男子可以消受的。"

"那我应该怎么办呢？"

"不要再打扰他。发条短信给他，'无论发生什么事情，我都会留在你身边'，然后，就再也不用理他了，回国过春节吧，节后再飞回来。"

"真的不用理他吗？我的机票已经改签过了，我就是想等他一起回去过节。而且之前他也非常开心地说过，想与我一起回国的。"

"他见过你的家人吗？"

"我们双方都见过的，他的家人对我非常满意。我的哥哥们对他感觉一般。"

"噢，那见过了就好。春节他可能会有些外事活动的安排。尽量不要强求他什么，他是身不由己。回家的路途也并不是想象中那么遥远，几个小时就到了，好吗？"

"是的，我是一个独立的女人，这不是问题。我只是想与他在一起。"

"这样的想法也蛮正常，说明你对他的感情已经很浓厚了。既然如此，为什么还要分手呢？很矛盾的。"

"是的，我们之前分开过一年，后来合好了，感情更加巩固了。"

听到这句话，小G后来跟我说，她都吓了一跳，一个外国人竟然会用"巩固"这个词来形容一段失而复得的情感历程，说明邝的中文水平着实了得。

又是一个工作日，周四。邝如约而至，如沐春风般地走进了办公室。

"亲，您说得很对。我发了短信后，就再也没理他。他第二天打了电话给我，说了好多好多话，解释了好多。我定了2月7号的机票，3月8号回来。经历这件事情后，我更加成熟了，也成长了。"

再见。

这原本就不是一句结束语吧，这注定是一段关系的重新开始。

结束语

几年前的一篇旧文，讲一下两位女生的近况。红，最终如我所言，于两年后找了一位家境清苦的名校法学博士结婚了，两人同行，一起打拼，在北京置业买房过上了安稳的生活。邝的境遇有些出人意料，一年后，她的外交官男友娶了自己的秘书翻译，一个年轻的中国女孩，邝伤心欲绝，她打来越洋电话向我倾诉，电话里我默默倾听着，这是一个老套的故事，"男友结婚了，新娘不是我"。